［美］大卫·罗森费尔特 著

朱晓妹 译

大侦探和汪星人横穿美国的冒险之旅

Dogtripping

David Rosenfelt

目 录

致谢 / 1
序言 / 1

折磨和冒险的区别…… / 1
　狗狗情缘从塔拉开始 / 4
　　漫长的一年 / 12
　　　没完没了的计划 / 16

混血牧羊犬查理 / 25
　斑点狗乒乓 / 29
　　从塔可钟退休 / 33
　　　成立塔拉基金会 / 38

创造奇迹的"公主" / 46
　最温柔的"公爵夫人" / 50
　　我们的大救星圣·辛迪 / 52
　　　金毛彭宝 / 58

威利小男孩 / 64
"你们这儿让住宠物吗?" / 67
猎人/都铎——都铎/猎人 / 72
"便便"……我只说一次 / 76

解决"怎么办" / 80
黄鼠狼 / 84
路易斯 / 89
萨莉和杰克 / 91

走到一起来 / 93
穿靴子的狗 / 99
"巨臭"是有多臭? / 102
哈利和黛娜 / 108

我讨厌家得宝 / 110
疯狂的斯凯和丛林狼 / 117
遛狗 / 124
伯尼 / 129

最终的准备 / 131

　　该放手的时候 / 138

　　　"伊维之岛"不容侵犯 / 145

　　　　玛米和酷珂 / 150

大部队集合 / 152

　　安妮 / 157

　　　那些抛弃狗狗的白痴 / 163

　　　　巴特 / 169

你知道俗话说…… / 171

　　班吉 / 178

　　　严肃的吃货——藏獒旺达 / 180

　　　　奥蒂斯 / 185

神经病西蒙 / 187

　　大暴雨 / 192

　　　大狗萨拉 / 199

　　　　狗吠，天啊，狗吠 / 201

诺埃尔和卡拉尼 / 205
　Woofabago / 207
　　弗兰克 / 213
　　　最后我的职业与狗有关 / 215

珍妮 / 221
　意外 / 223
　　托米和蛇 / 228
　　　希斯克利夫 / 233

说谎的日历 / 235
　因为狗狗，所以重逢 / 242
　　小萨拉 / 247
　　　回到当初 / 251

狗和鸭子不相容 / 256
　脆弱时刻 / 261
　　家中的喂食时间 / 266
　　　丽莎 / 269

朋友们，向东去 / 271

  求你了，求你了，别杀狗狗 / 276

    不老的"士力架" / 279

      "欢迎来到缅因州" / 281

外表都是骗人的 / 287

  求你了，别再是旅行房车了 / 292

    桃乐茜，我们终于走出了加州 / 297

后记 / 300

致谢

在我和黛比为搜救而努力的过程中,无数人给予了我们支持。我要感谢他们。本书中提到了他们中的很多人,我向那些没有提到的人表示歉意。

我想特别提一下一直以来帮我们照顾狗狗的兽医和他们的助手,他们医术精湛。相信我,我分得清兽医的好坏,他们十分了不起:

缅因州罗克兰县湖景动物诊所
丹尼尔·道林医生
克里斯汀·安尼斯
苏·卢斯
黛布拉·德拉克

帕蒂·马尔霍兰

加利福尼亚州塔斯廷市北塔斯廷动物诊所
卡鲁帕纳·卡利医生
特里·瑞安
朱莉·潘托哈
阿黛尔·麦克尼

加利福尼亚州玛丽安德尔湾海湾城动物医院
托马斯·菲茨帕特里克医生
玛丽·J·波兰特医生
桑迪·麦洛医生

同样感谢圣马丁出版社的杰出人士，他们是：安迪·马丁、丹妮拉·拉普、凯利·拉格兰、赫克托·德让、琼·希金斯、保罗·霍克曼、劳伦·海塞、萨拉·吉琼斯、切斯隆·皮乔内、伊丽莎白·拉克丝等。

当然，要是没有我在"作家之屋"的代理人——罗宾·鲁的杰出贡献，这一切都不会发生。

序言

弗朗索瓦·德·拉罗什富科在1650年写下这样一句话:"人生唯一不变的就是变化。"

我引用这句名言有两个原因。首先,我相信除我之外,没有人会用"弗朗索瓦·德·拉罗什富科"作为一本书的开头。

詹姆斯·帕特森[1],你就哭去吧。

其次,如果能说会道的小弗依然在世的话,估计会指着我的鼻子说:"你也变化得太离谱了。"

二十年前,我从纽约搬到了加利福尼亚南部。那时,我除了做过电影业的销售主管以外,没干过别的。除了一些普普通通的广告文案,我一个字也没出版过,一个字也没有成为演员口中的台词过。这并不是因为我的文章被人拒用,而是因为我

---

[1] 詹姆斯·帕特森(James Patterson),美国惊悚推理小说作家,其作品畅销世界。——编者注

压根儿没写过什么东西，我也没那兴趣。

但你正在看的这本书（我想你极有可能正在看），是我十年来出版的第17本。其余16本都是小说，包括11本安迪·卡朋特系列小说。此外，我写的一些剧本也被拍成了电视电影。我承认，我的剧本无足轻重，无法改变我们所知的美国文化，但是至少当你打开电视机时，我的文字可以博君一笑。

所以从事业上来讲，我的改变确实不小，足以使弗朗索瓦·德·拉罗什富科骄傲了。

20世纪90年代以来，我对自己的人生感到很满意。除了偶尔打打壁球，我不必消耗什么体力。就算是打壁球我也喜欢慢慢来。我写作，全凭自己的安排。写作和体力劳动完全不是一码事。

那时，我很喜欢自己相对悠闲的生活，并决意将悠闲进行到底。举个例子，虽然我是爱狗人士，但是我不养狗，也没有养狗的打算。我不想把时间和精力浪费在照顾一只动物上。像我这样的新一代单身汉，连自己都照顾不过来呢。

转眼间，我和我的妻子黛比·迈尔斯已经养了25条狗了。对过去的十七年来说，这是个较小的数字；对正常人类行为来说，这是个极大的数字。在我们拯救过的4000条狗中，这确实只占了很小的一部分。

当我下定决心成为一名作家的时候，却同时也开始了狗狗救援行动。黛比却不是这样的人。当她决定做一件事的时候，她会全身心投入，不达目的誓不罢休。

她生来便充满力量，当她决定要以"尽可能多地救援狗狗"为己任的时候，我正在草稿纸上漫不经心地爬格子。

长久以来，我一直不愿写下我们的搜救工作，写下我们和狗狗的生活，即使很多人在我演讲和签售的时候问起许多相关问题。拥有，似乎就足够了。

但有一天，当我们即将开始实行一项大计划的时候，我开始打字了——我们将要东行，但不是重返纽约，而是去缅因州。自然，狗狗也和我们一起去。

下面就是我们疯狂扎进狗堆里，并同样疯狂地前往缅因州的故事。在这个故事里，我提到了一些特别的狗狗，它们改变了我们的人生；我也提到了一些特殊情况，几乎没有人会傻到遇上那样的情况。

好了，接下来我将为您呈现我们这个与众不同的家庭。

我们这个与众不同的、人口庞大的、毛茸茸的家庭。

折磨和冒险的区别……

我原以为，我们将要开始的旅程会是一次介于"刘易斯和克拉克远征[1]"以及"唐纳历险[2]"之间的旅行。有人曾说，折磨之旅和冒险之旅的区别在于态度。这么说来，这将是一次折磨之旅。

我们由十一个无畏的旅行者组成，踏上了从加利福尼亚南部东行前往缅因州的旅程，和传统的西行探险路线构成了一个圈。我们没有四轮马车，只有三辆旅行房车。毕竟，现在是21世纪嘛。

当然啦，我们没有遇到早期拓荒者所经受的诸多困难。他们穿越的是未知的土地，而我们已经查询过地图，并带了三个

---

1 刘易斯和克拉克远征（Lewis and Clark Expedition, 1804—1806）是美国国内首次横越大陆、西抵太平洋沿岸的往返考察活动。领队为美国陆军上尉梅里韦瑟·刘易斯（Meriwether Lewis）和少尉威廉·克拉克（Willam clark），该活动由杰弗逊总统发起。——编者注

2 唐纳历险是美国西部历史上一次著名的家族迁徙，唐纳一家在西行的道路上经历了很多惊险。——编者注

GPS，以确保万无一失。他们只能带少量食物，而我们则有装满食物的冰箱，还有炉子和微波炉可以烧饭。当然，要是我们想提提神，也要面临一些挑战。比如喝酒必须使用手动开瓶器。

早期拓荒者的嗓音能扯多远，他们之间交流就能传多远；而我们则带着多部手机、黑莓机和 iPad。我们的一名成员说，实际上我们带的电脑电源比宇航员艾伦·谢泼德第一次上太空的时候还多。我不知道这事儿是不是真的。

我们和我们的前辈的共同点是：我们身边都有许多动物。对他们来说，动物是旅途的必备之物，而对我们来说，动物就是此行的原因。

他们的动物本身就是交通工具。他们车后面的马力是活着的马力，呼吸着的马力。马很可能也会成为他们的食物，但我宁可不这么想。要是我们的先辈没有占马的便宜，今天当我们说起去西部，指的就该是克利夫兰[1]了。

我们的能量则来自三台加满汽油的房车引擎。狗狗是乘客，我们是狗狗搬运工。一共25只狗，前往我们的——也是它们的——新家。这些都是我们救助的遗弃犬，是我们曾拯救出来的上千只狗中的一小部分。它们曾悲惨地生活在洛杉矶收容所里，然而此行将会对它们的忍耐力做出新的考验。

---

1 克里夫兰（Cleveland）位于俄亥俄州，相对美国全境属于东部地区。——编者注

我们一行还有九名志愿者，这真的很棒。有几个是朋友，有几个是我只见过一两回的小说读者，另外三个素未谋面。他们能够奉献出时间和精力来帮助我们，实在慷慨之极。我计划在到达缅因州之前对他们说上4000或5000遍谢谢。

当然，那时我更操心的是我们"能不能"到达缅因州。

事实上，这次任务原本可以更可怕。25只狗几乎是我和黛比在过去十年里养狗的最小数目了。我们曾有42只之多，但我们觉得超过40只就有点不正常了。

我们一行人之前都互不相识，在过去几周内大家通过电子邮件联系。他们十分热情，将此行看作一次奇妙的冒险并注定会成为美好的回忆。

我却不这么认为。

一直以来，我喜欢在旅行车里留出一半的空间。因此，我觉得这次旅行即使在最好的情况下也会使人痛苦不堪，而在最坏的情况下，无疑将成为一场灾难。

由此，我不禁发出疑问：我们到底是怎么陷入这场麻烦的？

DOGTRIPPING

狗狗情缘从塔拉开始

嗯，准确地说，这一切是从塔拉的"妈妈"——黛比·迈尔斯开始的。1992年11月26日，我和黛比共同的朋友谢丽尔·乌洛丁吉在电影院给我俩安排了一场相亲。我们看了比利·克里斯托的《周末夜先生》——在下午看"夜先生"，我们真是天生的叛逆者。

电影结束的时候我朝黛比粲然一笑，邀请她和我共进晚餐。她拒绝了，说她要赶回家给她的狗狗喂眼药。

根据她的回应，我瞬间断定我那无人能敌的罗森费尔特式的魅力在这之前还没有完全施展出来。幸好她后来同意先回家喂药，然后再去餐厅见我，将我从这场自信心危机中拯救了出来。

她这样打个来回就要花四十五分钟，而与我共进晚餐不过就耽误几个小时而已。但是她不想等。她的狗狗眼部感染，她要去照顾它，并且是及时照顾它。这看起来很奇怪，奇怪得有点儿可疑。

事实证明，给狗狗喂药的事儿是真的。很快我就会发现黛比不过是个动物爱好者罢了，只是爱好到了"变态"的程度。

看电影的时候我们没怎么说话，去餐厅也是分头去的，所以，在坐下来一起吃饭以前，我们对彼此几乎一无所知。我正要展示我那迷死人不偿命的个人魅力时，服务员来了，告诉我们有哪些特色菜。第一个是小牛排。

黛比立马说："我们不吃小牛排。"服务员走开后，她开始义愤填膺地批判小牛排的准备过程是何等的残忍，听得我如坠五里雾中——当时我连小牛肉是从什么动物身上来的都不知道。我暗暗设想，黛比家里也许有一只宠物牛，和那只生眼病的狗狗相伴。

但是她对小牛排的反感不是重点。她算老几，竟敢决定我该吃什么不该吃什么？老子想吃什么就吃什么！但最后，我想吃的其实是意面。真凑巧，和黛比共进晚餐后，我在20年里从没想要吃过小牛排。

我和黛比之间进展顺利。除了对小牛排的不满之外，我们还有许多共同话题。第三次约会的时候，我见到了她的金毛猎犬塔拉。那时候它的眼睛早就康复了。见了塔拉以后，我们又约会了几次，分别是带着塔拉去公园散步，带着塔拉去海滩散步，等等。我们去哪里，塔拉就会跟到哪里。

这就是我们爱情故事的开始，此后我们感情一直很好。黛比对塔拉的爱永远不嫌太多。塔拉确实是世上最棒的狗狗。那次延误的晚餐引起的自信心缺失在我心里早就烟消云散了。如果塔拉现在需要吃眼药，我会二话不说甩开超级模特海蒂·克拉姆去给它喂药。

塔拉有一种任何人都难以企及的敏感。它能看懂人的心情。当我和黛比感到不安的时候，它同情我们；当我和黛比心情愉悦的时候，它幽默欢欣；当我和黛比需要它的时候，它充满柔情。它永远永远都会接受我们的爱抚。它所到之处，无论是房间、公园还是海滩，都充满了阳光。

它也有它的癖好。但和它所有的一切一样，它的癖好也十分可爱。它喜欢吃饼干，但是从来不让我们看它吃。只要我们没有离开房间，它就会假装冷漠，任凭饼干晾在那里。可我们一回头，饼干就不见了，只剩下一点儿饼干屑。每次都这样。而塔拉脸上则会显出得意的神色，仿佛在说："我又赢了。"

有一条路可能是塔拉最喜欢我们带它散步的路线。但当我们就要经过某幢房子时，它就僵在那儿，怎么也不肯再多走一步了，因为塔拉所知的某只德国牧羊犬就住那儿。即使那条狗当时根本不在房子里，它也照样如此。

无奈我们只好把它抱起来，然后扛着这只85磅重的狗狗往前走55英尺，直到走过那幢房子。这时我们再把它放下来，它就会高高兴兴地继续往前走。我不觉得它是害怕那只狗，它只是在跟我们玩游戏。这个游戏它永远都不会输给我们。

我认识塔拉的时候它八岁。它九岁那年的某一天，我们带它去比弗利山庄散步。不幸的是，它的鼻子开始流血。我们马上带它去看兽医，兽医说要么是狐尾草进入鼻窦引起的，要么就是鼻癌。如果是后者，将会"导致死亡"，而兽医认为正是后者。

兽医带我们去见外科医生，外科医生确诊塔拉患上了可怕的鼻癌。我们同意他对塔拉动手术，虽然我们知道即使手术也无法拯救塔拉的生命。我们之所以同意，是因为医生告诉我们这样可以延长塔拉的生命，而我们愿意付出一切，只为和塔拉多相处几天。

塔拉坚强地挺过了手术，虽然我们并没有它那样坚强。黛比告诉我，手术那天是塔拉第一次不在家过夜。黛比曾经拒绝了一份在伦敦的好工作，因为如果接受这份工作，根据英国的一项政策，塔拉需要接受为期六个月的检疫隔离。竟然还有这种政策，真让人费解。

手术后两天，我们把塔拉带回了家。医生告诫我们不要让塔拉兴奋，一兴奋，它的鼻子就会流血。所以，黛比下班回家时，会把车停在三个街区以外的小山底下，以防塔拉听到声音。

然后她就悄悄溜进来，在塔拉还没有反应过来以前就已经开始抚摸它了。

塔拉在三个月后离世。在这三个月里，我们对它寸步不离。我们尝试了所有办法，不管是药方还是偏方，我们给它针灸，往它的食物里撒鲨鱼软骨粉。关于鲨鱼软骨的效果，有文献引用了鲨鱼从不得癌症这一事实作为依据，虽然我永远无法证实这一点，但我们还是尝试了。只要有一点点成功的可能，只要某种尝试不会让塔拉在最后的时光里感到痛苦，我们会为它做。

我们带塔拉去卡梅尔度假，住在允许狗狗入住的桃乐丝·黛旅馆。我们每周去祖玛海滩三次，那是塔拉在马里布最喜欢的海滩。然而，渐渐地，我们的散步时间越来越短，塔拉的呼吸越来越沉重、困难。虽然我和黛比都发觉了这一点，但是我们都不愿承认。塔拉偶尔的精力充沛成了我们逃避现实的借口。

塔拉的食欲也在逐渐变差，到后来它都不愿进食了。我们发现热狗是唯一一样它无法拒绝的食物，所以每两天我们都会烤一次热狗。那时我们是多么愚蠢啊，自那以后，我们变聪明了些。塔拉其实是在告诉我们它该走的时候到了，而我们却还要强留，即使是再留那么一小会儿。

这段时间黛比的情绪很不稳定。她的兽医发现了这一点，然后向她介绍了玛丽莲·伯格曼和她的丈夫阿兰，阿兰是个成功的歌曲作家。这对夫妇也遭受过失去爱犬的痛苦。兽医觉得玛丽莲可以帮助黛比渡过这一难关。

她确实帮了黛比。她告诉黛比，为了塔拉，该放手了。她分享了她自己的相似经历，这确实对黛比产生了作用。

不久以后，我们终于不再欺骗自己了。我们把塔拉带到公园野餐，塔拉一点东西也不吃，就连它最爱的热狗也不碰。它也不再坐在有阳光的地方——显然，它的病情已经到了无法接受强光照射的地步。

我们直接把塔拉从公园带到了兽医那里。兽医开门见山："对不起，是时候了。"

我难以形容那一刻的感受，就像一辆火车从我们身上缓缓轧过，虽然几个月前我们就已经看到了这辆火车在向我们驶来，但我们就是无法离开轨道。悲伤铺天盖地而来，压抑令人无法承受。我们似乎要窒息而死了。

我们觉得我们让塔拉失望了。它依赖我们——我们是它活下去的唯一希望，而我们却无法度过这一关。它理应得到更多，而我们却无法给予。

虽然我们无比愧疚、无比悲伤，但重要的是，兽医是对的。其他的事情一概不重要了。

是时候放手让塔拉走了。

兽医在地上铺了两层毯子，这样更厚，更柔软，然后塔拉躺上去。我们也和它一起躺在地板上。从那以后，我们用同样的姿势，陪伴了许多其他狗狗。

我们抱着塔拉，兽医给它打针，打的是镇静剂，让它安静下来。虽然塔拉根本不需要镇静，那时的它平静而顺从。

兽医剃掉了塔拉腿上静脉部位的毛，然后开始注射那粉色的液体。塔拉对此毫无反应。它只是凝视着黛比，无声地告别。

我发誓，塔拉看着我们的时候有一种金毛猎犬独有的尊严和勇气，仿佛告诉我们没关系。

确实没关系。

我们和它待在一块儿，房间里只有我们。这持续了至少十五分钟，然后就结束了。这十五分钟里，没有人说过一个字。

最后我们起身离开。我和黛比重回了马里布塔拉最喜欢的海滩，我们坐在那儿，轮流哭泣，互相安慰。我尽力做那个安慰者，因为黛比已经和塔拉在一起过了九年的美好时光，而我才一年。

在那之后的一段时间内，我们还没完全意识到那三个月带给了我们多大的改变。我们的生活永远无法回到从前了；我们即将踏上一段旅程，这段旅程可以被称为狗狗疯狂之旅。

但那时，我们心里只能感受到窒息的悲伤。我们回忆塔拉曾做过的事情，它的怪癖，我们诉说着对塔拉的爱。我们随即决定以后再也不吃热狗，将这作为对塔拉的纪念。

我写这本书的时候，已经是我们不吃热狗的第二十个年头了。我们不仅不吃热狗，连肉肠卷也不碰。有人说在科尼岛的纳森热狗餐厅，即使是站在柜台旁看看也能大饱眼福。对此我表示，要是塔拉在最后那段时间里爱上的是西兰花，那该多好。

说起某段回忆的时候，我和黛比会大笑起来。然而笑容并不能持续很久，我们依然无法接受塔拉已经离世的事实。

除非它并没有死。

也许。

你会明白的。

漫长的一年

从某个重要的角度来看，对于塔拉的离世，我和黛比的反应十分不同。我准备马上就再养一只狗——确切地说，是一只金毛猎犬。而黛比却无法接受。她根本没考虑过是否再养一条狗。

她一看到狗就会想起塔拉，然而没有一条狗会是塔拉，当然也没有一条狗能够代替塔拉。

我和黛比再也不能在圣莫妮卡社区遛狗了，只能两个人出来散散步。问题是圣莫妮卡社区的人均金毛猎犬拥有数量比世上任何地方都要多，养一条金毛似乎是这座小镇的一项法令似的。

每次黛比看到一只金毛猎犬——每个街区至少看到一次——她都会哭。不是那种泪水盈眶的哽咽的哭，而是呜咽着当街啜泣起来。

所以，如果我说我不太愿意和黛比一起散步，这也无可厚非。

有个朋友建议我们去动物收容所做志愿者，这或许能给我们一些安慰。我觉得这个主意很棒。我希望这能让黛比不再对狗狗感到不安，或许还能为我们再养一只狗狗做准备。我觉得她有些恐惧，但是她还是和我一起去了。

我们去了西洛杉矶动物收容所，参加了介绍会。这是洛杉矶最好的收容所之一。但所谓"最好的"其实是明褒实贬，因为其他的收容所更加糟糕，虽然糟糕的程度有所不同。

会议一开始，收容所的职员就跟我们讲了那个虚构的故事：一个人在海滩上看见成千上万只海星被冲上了岸，如果不马上把它们扔回海里，它们就会死掉。

那个人一个一个地捡起海星扔回大海。另一个人走了过来，告诉他，搁浅的海星太多了，这么做根本就是在浪费时间和力气。仅凭一人之力，根本不能改变什么。

这时，第一个人又捡起了一只海星扔回大海，说："我改变了那只海星的命运。"

故事的寓意是，虽然洛杉矶收容所收留的遗弃动物不计其数，如果我们每一次拯救其中一只，我们也能做出改变。我们觉得这很有道理，于是签约做了志愿者。

卷入这件事真不如去捡海星啊。

我们一周抽出两个傍晚的时间和周六全天到收容所报到，认真工作。我们也会带着狗狗去商场以流动摊位的方式进行动物领养活动。工作内容是等人过来，爱上狗狗，然后带一只回家。

然而收容所里的好狗狗太多了，而好的领养者却不够。于是我们不得不在这个过于拥挤的收容所里，坐看狗狗们在笼子里老去，直到它们被处以安乐死，空出位置给其他动物。我们也要注意防范来这儿领养动物的人——他们可能是来领养一只狗狗作为看家狗，或更糟糕。

虽然这一切很糟糕，但这并不是将我们逼至绝境的原因。一天，我们去了鲍德温帕克的一家收容所，对比之下，西洛杉矶收容所简直就是世界级豪华酒店丽嘉酒店。有个男人带着他的三个儿子和一只一岁的混血犬来了。我们听到这个白痴向收容所的工作人员抱怨，说他要把这只狗送掉，他们不想要这只狗了。

工作人员给了他一份标准协议，让他签名，以示许可，一小时后这只弃犬就会被安置在收容所里了。但这并不是真的，至少不会那么快。事实上被主人弃养放到收容所来的动物都活不长。如果一条狗是因为走丢了才来到收容所的，那么收容所至少要留它五天时间，以期待主人出现并把动物领回。但如果动物是主人自愿弃养的，那么根本没有等五天时间的必要，狗狗能活多久取决于那段时间收容所的拥挤情况。需要指出的是，鲍德温帕克收容所一直都拥挤不堪。

于是这个男人随随便便地签了协议，当工作人员在处理这份协议时，我和黛比无意中听到这个男人和儿子之间的对话。这条狗似乎是他们十个月前在这个收容所领养的，那时它还是一只幼犬。现在它长大了，他们就不再想要它了，因为小狗比大狗要来得可爱。

他们就这样遗弃了这只大狗，脸上没有一点儿遗憾和尴尬。接着他们走进了养犬区，去领养另一只小狗。根据洛杉矶郡的收容所条例，这样做完全是合法的。

我内心十分愤怒，而黛比已经忍不住发了脾气。她训斥这个男人，骂他浑蛋。她或许不该在孩子面前骂他浑蛋，虽然这些孩子最终会知道他确实是个浑蛋，如果他们现在还不知道的话。我天生就厌恶冲突，所以当时我就躲一边儿去了，假装什么也不知道。

这个男的让步了，这或许是他人生中第一次做出聪明的选择。他带着孩子走了，没有带走另外一条狗。我敢肯定这胜利只是暂时的，他们很有可能在确定黛比离开以后再次光临收容所。

我们告诉收容所的工作人员，如果这些遗弃的狗狗没有人领养，我们会找一个救援组过来，最后我们也的确这么做了。

最后我们离开了那个地方，并且脱离了整个收容所系统。如果我们真想改变什么，就要选择另一条路。

不久以后，我们就找到了那条路。

没完没了的计划

在五年时间里,我们一直琢磨着要带所有的狗狗搬到东部去。

自从发生了那场火灾。

2000年夏,我们从圣莫妮卡南部搬到了奥兰治县,因为黛比要去那里工作,她被尔湾市塔可钟公司[1]聘为副总裁,主管媒体工作。黛比曾在福克斯电视网担任过十二年的高级副总裁,所以这不仅对她的职业来说是个很大的变动,在地理上也是较大的变化。

一般人搬家的话,会先找房子,签约买房或租房,然后整理打包,准备搬家。但我们绝不是什么一般的家庭。我们要找的房子是要能够住得下37只狗狗的,37是那时候我们拥有的狗狗数量。我们也不能有相隔很近的邻居,原因很显然,我稍后

---

[1] 塔可钟公司(Taco Bell Company)是世界上规模最大的提供墨西哥式食品的连锁餐饮品牌,隶属于百胜全球餐饮集团。——编者注

再解释细节。所以，找房子对我们来说是个挑战。

我们不久就发现，圣莫妮卡是加利福尼亚州北部唯一一个允许每户人家养三只以上狗狗的城市。事实上，圣莫妮卡对宠物的数量根本就没有任何限制，他们的规则是，只要你觉得舒适，你想养多少宠物就养多少。我可以向你保证，舒适是一种主观评价，过去是，现在依然是。

所以当我们到了奥兰治县时，我们需要调查一下他们所说的非特许自治城市区域，即不是由市政府管辖，而是由县管辖的地区。我们马上就在一个名叫西尔弗拉多的峡谷小镇里找到了一座完美的房子。房子坐落在一座小山顶上，在能听到狗狗吠叫声的距离内几乎没有邻居。

虽然我们住的地方好像前不着村后不着店，但其实只要花上十分钟就能去超市了，要是花二十分钟，可以去超大的购物中心。这座房子已有百年历史了，然而，只要我们这"一家"搬过来住上一阵子，这房子一定会变得更沧桑。

事实证明住在那儿很舒适。我们下定决心要一直住在那儿，直到黛比有了退休的打算为止。黛比退休的打算越来越强烈，于是我在2007年11月出发去寻找我们下一个要搬去的地方。一旦黛比不必在加利福尼亚工作了，我们就可以搬家了。而我在哪儿都能写作。

我和黛比从小都在东部长大、生活。我在新泽西州长大然后搬去纽约；黛比在宾夕法尼亚长大然后搬去纽约。我们都很渴望四季分明的气候，再加上纽约有我们已经长大成人的孩子，所以东海岸是我们的最佳去处。

我们在缅因州的在一个湖边找到了一座很棒的房子，周围没有邻居。我们把这个房子买了下来。我们的计划是，不立即搬家，等我们准备妥当了，再给房子进行必要的装修。估计这至少得是四五年后的事了。

一个月以后，加利福尼亚陷入了火海——火灾遍布整个州。这是一种叫作圣塔安娜风的天气现象附带产生的后果。圣塔安娜风是从内陆吹向海岸的离岸风，是一种高层大气风，温度在35℃左右，极其干燥。显然，这给失控的火灾创造了极好的条件。而圣塔安娜风似乎年年都会光临。

加利福尼亚州的消防税高得不能再高，于是一些蠢货就想在离我们家大约六里处的森林里放火。起初火势是背对着我们的，但是三天后又烧了回来。

一天早上，我站在庭院里，看到山火缓缓穿越了峡谷，往我所在的地方蔓延过来。火势很小，而且移动地很慢，所以我并没有勃然大怒。消防员坐在车里用几把玩具水枪就可以把这火给灭了。

但是那儿没有消防员，消防员都被派到了别处。火势无情地逼近，而且变得越来越凶猛。

黛比此时正在上班，我打电话让她回来。我们很有可能需要撤离。我们的邻居已经走了。但对他们来说，撤离是件相对容易的事。他们要做的就是把重要的物品整理打包，然后逃离此地即可。而我们还要担心27只狗狗的安危。

我们家有一辆旅行房车，黛比又去租车的地方租了一辆。火势更大了，我告诉她尽快回家。我们要没时间了。

黛比到达的时候这个地方已经被警察设置了路障，谁也不让过。但是这对黛比来说根本就没有什么威慑力，她绕过路障，火速开到了家。她或许猜对了，她的行为跟持枪犯罪比起来，根本不值一提。

我们开始往两辆车里装运狗狗和一个行李袋。我想大概有三只狗狗是自愿跳进车厢的；其余的狗狗必须先被我们抓住然后提起来装进去。我负责抓住狗狗，黛比负责把狗狗提进车厢。

我们最后又数了一遍，一共26只狗。可可不见了。我发了疯似的找它，黛比尽力控制住其他狗狗，它们十分不安，因为现在所有的狗狗都挤在两辆车里，实在是为难它们了。

最后我在房子里找到了闲逛的可可，我一把抓住了它，把它带过来，塞进车厢，然后我们全体撤离。

车子里面连1平方英寸的空隙都没有。火焰朝着我们的房子蔓延过来，大概离我们只有100码了。我们即将逃离，但我们的房子却无法逃离这场灾难。我不忘转过头去，看了它最后一眼。

我们给一个叫罗恩·爱德华兹的朋友打了电话。他经营着尔湾市动物保健中心——南加利福尼亚最好的动物收容所之一。他说无论我们带来多少只狗狗，他都有地方接纳并照顾它们。于是我们就驱车赶往那里。

我们把25只狗狗都放在了那儿。这是一件令人肝肠寸断的事情。我们曾经把它们从收容所里带了出来，并庄严宣誓再也不会让它们回到收容所。虽然它们不过是在这个安全的新环境里暂时居住一段时间，但是它们根本不会知道。它们还是会被关在笼子里，这也是我们曾经承诺不会再发生的事情。

当我们将狗狗从车里放了出来，我和黛比走进了它们中间，抚摸每一只狗狗，并发誓它们不需要在这儿住太久。然而事实上，我们自己也不知道它们究竟要关在这儿多久，我们也不知道它们出来以后会去哪儿。

我们把路易斯和汉娜留在了身边，和我们一起住旅馆。不幸的是，我们连旅馆也住不上。把狗狗放到收容所之后，我们为了订个房间，至少打了20个电话。但当时火灾频发，许多人都流离失所，我们订不到房间了。

后来我们走了运。尔湾万豪酒店还有一间房。令人惊奇的是，虽然供需规律告诉我们，这个时候他们可以趁机大赚一笔，可是他们却给我们打了半折。这是他们对那些遭受火灾流离失所的人的照顾政策。并且，他们也因此放宽了不允许宠物入住的政策。我们可以把路易斯和汉娜都带进去。

从那以后我就成了万豪酒店的粉丝。当我们需要他们帮助的时候，他们确实挺身而出了。

于是我们就住在那家酒店，通过新闻报道来关注火灾的情况。路易斯和汉娜在这儿住得很开心。由于这儿没有给狗狗设计的门可以让它们穿来穿去，我们就只能用皮带拴着带它们多散散步。门房那儿可以拿免费的食物，它们可以吃到很多小肉丸。如果说它们对困在收容所里的25个伙伴有任何担忧之情的话，我只能说它们把情绪隐藏得很好。

但对我们来说这段时间过得很沮丧。而州长施瓦辛格在电视中面对媒体的讲话更让我们觉得沮丧。他在解释加利福尼亚州为什么在火灾面前无能为力时，将责任归咎于这场混合着高温、疾速和干燥空气的暴风。

"阿诺德！"我对着电视机大叫道，"圣塔安娜风本来就这样的！每年都是这样的！"这就像布法罗的市长在解释他们为什么不能有效清除街道时归咎于低温和降雪："雪本来就是这样的！"

一天变成了两天，两天变成了四天。当我们在电视机前看到记者背后一座离他1/4英里的烧毁建筑时，我们仿佛看到了自家房子的命运。虽然我们极度悲观，却没办法确认我们的房子是否安好。因为他们不允许我们回到那儿，火势仍未停歇。

所以问题变成了：如果我们的房子没了，我们到底应该做什么？当你拥有27只狗时，你根本不能租一个公寓。即使还有其他办法，我们也没时间了。我们的狗狗在一家收容所里日渐憔悴，而我们连去看它们的勇气都没有，因为我们害怕我们的出现会让它们感到兴奋，当我们离去时又让它们感到失望。

我们要搬去缅因州了。至少是我要搬去了。黛比仍需留在东西部海岸，或许直到她能在东部找到一份差不多的工作为止。我们在缅因州的房子几乎不适合居住。它是一座小木屋，还没有完整的过冬装置。但我们会想办法处理的，我们没有别的选择。只要我们能找到去那里的办法。

住酒店的第四个夜晚，我收到了一封电子邮件，是一名来自马里兰州的读者。她问我们是否靠近火灾区。她称自己是一名狗狗救援人士，因而十分关心我们的狗狗。

我给她写了回信，告诉她我们可能会失去房子并询问这位狗狗救援人士是否有办法将27只狗狗从美国的这一头运到那一头。她没办法，但是她发誓一定会在网上问一下，寻求主意。

在接下来的48个小时内，我收到了171封来自陌生人的邮件。大部分人愿意在我们去往缅因州的路上提供住宿。举个例子，如果说我们正好要经过托皮卡，那么我们就可以住在某个人家里，带着27只狗狗！

这对于美国爱狗人士这一特殊的亚文化人群来说，又是一个令人惊奇的例证！他们遍布每个州、每座城市，出于对狗狗的共同热爱而团结在一起。我们的际遇证明了这一点，有力地、感人地证明了这一点。

在我们撤离的第三天，他们允许我们回到原来的地方了。让我们感到惊讶的是，我们的房子竟然没事！消防员将整栋房子用灭火泡沫覆盖起来，并增加了有效的防御措施，我们对他们感激不尽。其他周围的房子就没这么幸运了，整个区域都烧成了一片黑。

两天后，我们回到了这栋房子。我们这一大家子，汗流浃背、气喘吁吁地回来了。但这开始促使我们思考，当黛比退休的时候，我们应该如何搬到缅因州去。那时虽是自愿的搬家，但依然十分困难。

这件事大概发生在五年前。相比我们为这次旅行计划所花的漫长时间，诺曼底登陆计划都像是一个草率决定了。不幸的是，我们的执行力完全是另一回事儿。

　　要我说的话，我们本来也许能再花个五年时间做准备，至少再花个五年。

混血牧羊犬查理

当志愿者负责流动式宠物收养工作时,他们常常被分配到的任务是和一只特定的狗坐在一块儿,照顾它,然后给潜在的领养者介绍这只狗狗,描述它讨人喜欢的特点。

在世纪市的一个流动收养摊位,黛比和一只名叫查理的狗狗坐了整整一天。一个小时过去,又一个小时过去,没有一个人对查理有兴趣。随着时间的流逝,黛比越来越愤怒。在收容所的记录上,查理被列为某种澳大利亚牧羊犬混血,但其实根本没有办法知道它的品种。用最通俗易懂的话来说,查理是只杂种狗。

它的年龄也是个谜。兽医是通过观察狗的牙齿情况来判断狗的年龄的,但是这个方法不怎么准确,尤其对于收容所的狗狗来说。收容所的狗狗大部分已经在外面生活了很长时间,可能以前咬过石头之类的东西。在收容所它们的牙齿也很少得到清理。查理的估算年龄是九岁,这意味着它很难被人收养。

查理就这样在黛比腿上坐了一整天，幸运的是它并不会知道自己离安乐死的日期越来越近了。到了那天晚上，黛比已经爱上了查理，并决意不能把查理放回收容所。一想到他们可能会杀死一只像查理这样健康出色的狗狗，我们就觉得这是一种近乎荒谬的不公平。所以我们决定自己收养查理，把它带回家。

　　这是个理论高于实践的主意。

　　问题是我们的"家"搬到了圣莫妮卡第九大街的一个公寓，而这个公寓是禁止养狗的。于是黛比给房东打了个电话，向他倾吐了一番打动人心的话语，告诉他，她是如何从"死亡线"上将狗狗救下来的，房东妥协了。她挂断电话的时候，这个房东大概已经发誓以后再也不吃小牛排了。

　　查理归我们了。

　　菲比也归我们了。在收养查理的一周后，我们在收容所爱上了这只哈士奇混血犬。它已经没有时间了。一个潜在的领养者在纠结了两天要不要收养它之后，决定还是不要它。我们无法眼睁睁看着它死，所以也收养了它。

　　同样的还有苏菲。它是一只九岁的金毛猎犬，作为一只狗狗，它却像人一样甜美温柔。我们不愿意看到它在收容所里受苦。事实上，在我们刚到那家收容所的那天，我们第一次看见它时，我就立马将它从笼子里放了出来，并向所有在场者宣布我们正式收养它了。

同样的还有哈利,它是一只纽芬兰犬和拉布拉多犬混血。它疯疯癫癫的,充满了喜感。对其他想要收养它的人来说,它太疯狂了,体型也太大了。

就这样我们在这个原本禁止养狗(现在允许我们养一只狗)的公寓里养了四只狗。我们打算偷偷摸摸地养它们。每次我们都只带一只狗出去散步,我们有时候走楼梯下去,在下班时间则用电梯。我们遇见任何人都说说笑笑,从来不跟人说起我们养了超过一只的狗狗,并且希望他们永远也不要发现或在意。

如果被他们逮了个正着,他们也不会说什么。除了一个人称"杰克先生"的房客。他年过七旬,双目失明,所以我只能猜测他能闻出不同狗狗的区别。

"他们允许你们在这儿养这么多狗?"他问我们。我们说是的。他笑了笑然后说:"不错。"

最后我提出要搬家。足球季即将来临,中场休息太短了,要是轮流带狗狗散步,时间根本不够。

于是我们开始寻找出租房,最后在公寓不远处找到了一个不错的房子。我们签署了租约。这份租约对于是否允许养宠物保持沉默,虽然我们带来的宠物一定会尽可能打破这种"沉默"。

无论如何,我们知道我们已经达到了极限。狗越多就越难管理,这4只狗已经让我们觉得房子变小了。

4只狗确实太多太多了。

一年后,我们养了27只。

斑点狗乒乓

西洛杉矶动物收容所算是我们的"本垒",我们的大部分志愿者工作都是在那儿展开的。正如我所说的,虽然在洛杉矶它算是个不错的收容所,但这并不能说明什么。

那里的绝大部分工作人员都为了这些动物十分努力地工作,但这对他们来说是一个艰巨的任务。他们没有足够的空间、资源和资金,只能尽力而为。

他们做了很多事情,其中一件就是举行"特别收养活动",通常安排在周末。他们试图借此引起人们的兴趣。在特别收养日,他们会给领养动物者提供优惠,通常是降价,以及给孩子进行免费赠送。

西洛杉矶动物收容所坐落于邦迪大道。前面有许多建筑将它挡住,人们在街上无法看到它,因而阻止了开车路过的人光临这里。虽然从某个角度来说这并不是坏事,因为这避免了一些人突如其来收养动物的冲动,而这样的冲动通常到最后是没什么结果的。

绝大多数参与狗狗救援组织的人都是女性,根据我的经验大约占90%。作为西洛杉矶动物收容所中具有代表性的男性成员之一,我需要完成一些令人难以置信的任务。在某个特殊收养日里,我要扮演一个"美人"。

因为路人无法在大街上看到我们的收容所,所以就需要某个人穿上迪士尼类型的动物服饰,走到邦迪大道上去吸引路人的注意。这一天的服装是斑点狗乒乓,穿上这身衣服的蠢蛋正是在下。

这类工作有两个主要缺点,一是让我看起来和感觉起来像个笨蛋,二是需要忍受盛夏的酷暑。当时外面是35℃高温,但和乒乓的服装内部比起来算是凉快的了。穿上这件衣服不到五分钟,我就觉得自己像是被木炭烤熟了。以后要是在主题公园看到一个人形公仔向我走来的话,我再也不会说"滚开,真讨厌"了。

但我还是很负责地套上这件衣服,开始吸引别人的注意。在转角处有一个红绿灯,我看到有车停下就走过去,开始做一些引人注意的动作。

我双膝跪地,做乞求状,仿佛在恳求人们进来收养一只狗。我会像个傻瓜一样跳舞,疯狂地挥动手臂,做任何能够吸引人注意的动作。因为在洛杉矶，仅仅穿上斑点狗乒乓的服装是吸引不了人的。

某种程度上我成功了，人们的确注意到我了。他们会指着我大笑，朝我大声说话，情绪激动。孩子们也十分喜爱我。一个小时后，邦迪大道的红绿灯成了一个充满欢乐的地方。

当然，这欢乐不属于我。没有人知道可怜的我已经热得发昏了，因为他们看不到我。你不能通过外貌来判断一只假冒斑点狗的心情。

但最让我恼火的地方是这样做根本不起作用。虽然每个人都注意到了我，对我笑或者嘲笑我，我并没有吸引人们走进收容所去看看。当绿灯亮起时，他们就往前走，留下我这只可怜的斑点狗。正如他们说的那样，我留不住人。

我的工作时间结束了，结果一个人也没有因为我而踏进收容所半步，除非那个人本来就是要去那里。我走进去把这身服装脱下来，虽然那时我已经热得分不清楚哪里是衣服哪里是我的皮肤了。我大概在那一个小时里瘦了十磅。也就是说，我应该在我的衣柜多准备几件这样的斑点狗服装。

收容所里还有一只跟我一样的"献祭羔羊"，他戴着面具走过来替代我扮演乒乓。我的扮演结束后，就轮到他来套上这双很大橡胶鞋了。我建议他用冷水把这套衣服里里外外浇上一遍再穿。他照我的话做了之后问："指示牌在哪儿？"

我如梦方醒，周围的人都大笑起来。本来我们是要举着一个指示牌走来走去的，指示牌上写着"动物收养日"，引导人们去收容所。

我忘记把指示牌带出来了，所以路过的人根本搞不清楚我在做什么。对他们来说，我就是个穿着斑点狗服装的傻瓜，一个滑稽的（如果不是奇怪的话）玩意儿，和邀请人们去收容所扯不上半点关系。

更让我受伤的是，黛比也捧腹大笑，这让我备感羞耻。在她的推波助澜之下，"乒乓"成了我在收容所的绰号，直到我们离开那儿为止。

从塔可钟退休

2010年7月，黛比决定退休。她通知了她在塔可钟的同事，并同意留到2011年2月，帮助公司过渡。

这个决定对来我说喜忧参半——毕竟，这难道不是因为我而做的决定吗？最让我高兴的是黛比会待在家，不用每天工作十二个小时。她的一生都在辛勤工作，现在她可以做任何想做的事情了，包括休息。首先，我们可以搬去缅因州了。

让我忧虑的是，黛比在公司负责的领域是体育传媒和赞助。这让我们有机会去几乎所有我们感兴趣的重大体育赛事，包括每届超级碗、世界职业棒球大赛、全明星赛等。

我们以前还去过所有的全美大学足球联赛冠军杯比赛。在三天内，我们去了迈阿密看奥兰治杯，去了新奥尔良看苏格杯，去了菲尼克斯看费耶斯塔杯。一个星期后，我们会去看冠军联赛，不管地点是哪儿。并且，作为无忧无虑的工作人员家属，我在这些赛事中没有任何工作责任，我只要保持微笑，看上去帅气就好。

对于像我这样的体育堕落者来说,这样的生活已经算不错了。

然而突然之间,一切已成定局。我们马上就要搬家了——我花了五年时间计划却一直没有成功的搬家。直到现在,我仍对如何搬家毫无头绪。

于是我决定听听他人的想法。

我向所有给我发过邮件的数以千计的读者群发了一封邮件。然后我在脸谱网上发了帖子,请求所有人告诉我他们的想法,并向他们的亲朋好友征求建议。

我得到了超过4000条回复。大部分都是我已经想到并准备试试看的,如飞机、火车、公共汽车、卡车、马拖车、旅行房车等。

有人在脸谱网上说,我既然在好莱坞工作,何不向约翰·特拉沃尔塔或者奥普拉·温弗瑞借个飞机?这引发了很多评论,大多数人认为这个主意很赞。不幸的是,其中没有一条评论是来自特拉沃尔塔先生或是温弗瑞女士的。

我先给"宠物航空公司"打了电话。它之所以叫"宠物航空公司"是因为仅仅运输宠物。这家公司不仅收费贵得离谱,对我们的狗狗来说也不是很合适。它们在飞越全国的途中会多次停留，停留那么多次，整个过程要花上二十四小时之多。

狗狗不在我们身边这么长时间，我和黛比感到很不安。理由有很多个。狗狗可能会筋疲力尽，我们不想让它们经历这一过程。

此外，狗狗每天需要服用的药量是让人难以置信的。8只狗狗有关节炎，要吃止疼药，包括口服液和药片；两只狗狗有癫痫症；两只狗狗有尿失禁；一只狗狗有库兴氏病；另外总有两只以上的狗狗有耳部感染或其他什么毛病。管理所有的药物是一项重要的工程，我害怕除了我们以外的任何人都无法正确地处理。举个例子，如果一个人不小心把两只狗狗认混了，把它们的药换了一下，也许就会酿成一场灾难。

由于这些狗狗之前都是被人抛弃过的，我们再也不想让它们担心自己会被抛弃了。而在这架断断续续飞行的飞机上，它们要在笼子里待上二十四小时，而且身边只有陌生人，也许会让它们害怕我们永远离开他们了。至少人类的大脑是会这样想的。

此外，最近的航线只会让它们到达波士顿，这给我们带来了各种其他的问题。所以选择宠物航空公司是不可行的。

接下来我尝试了定期航班。欧洲人告诉我单程运送一只狗狗大概要花450美元。

我说："我们不一样，所以你也许要通融一下。我们有25只狗。运送25只狗要花多少钱？"

如果这位经理人因为这个数字受到了惊吓，那么他隐藏得很好。"哦，每只狗都是450美元。"

"这对你们来说是个宣传的好机会。"我说。

"我不懂宣传。"他说。我相信他真的不懂宣传。

无论如何，这看上去也行不通。我们需要给每只狗狗买一个笼子，每个大概会花两百美元。每次航班只能运送一到两只狗，我们就需要每次都到机场去接它们。如果我们想要一次性把它们运送完毕，就要去波士顿。近一点的波特兰机场则需要转机。

这样太贵了，而且太不方便了。

其他类似这样的计划也行不通。马拖车没有空调，货车不能只租单程的，租借越野车的话没有足够的驾驶员，派对巴士贵得出奇，并且我敢肯定没有哪家旅行车租赁公司会那么疯狂，允许25只狗狗坐上他们的车。

所以我又开始寻求他人的主意。黛比决定退休的那个夏天我正好在做一个全国巡回售书活动。在演讲中，我花了一些时间问大家到底怎样我们才能去缅因州，而不是一直谈论我的书让听众觉得无聊。

我去了亚利桑那州的图森和菲尼克斯做签售。我们到达的时候，阳光炽热，有46℃。我不知道在树荫底下温度是多少，因为亚利桑那州根本没有树荫。

在开往图森的途中，我被雨季降雨困住了。人们（包括我）有时候会把一场大暴雨称为"雨季降雨"，但这其实是不准确的。我在图森遇到的才是真正的雨季降雨，这和任何我曾经历的暴风雨都不一样。

然后，在开回菲尼克斯的途中，我被哈布沙暴困住了。这是他们给大尘暴起的名字，好像一个听起来滑稽的名字会让沙尘暴变得没那么糟糕似的。一点儿不管用。哈布沙暴非常恐怖，恐怖得难以置信。其范围有50里宽，我估计高速公路上的可视度会减少到6～7英尺。

事实上，我所经历的这次哈布沙暴，全国都在播报相关新闻。沙暴来时，给人一种超现实的感觉，整个世界都变黑了，当沙暴停息的时候，整个世界都被尘土覆盖。尘土覆盖在那儿，被46℃的高温炙烤着，直到下一次雨季降雨来临。

当我到达菲尼克斯进行签售时，我告诉在场所有人我们要搬去缅因州，并询问是否有人知道如何才能把我们的狗狗搬运过去。

他们也不知道如何是好，大部分时间都在对我们要搬家去缅因州感到惊奇。

他们问，我们怎么能忍受得了那里的极端天气呢？

成立塔拉基金会

在加利福尼亚南部进行狗狗救援行动，想要活下来就必须像激光一样瞄准胜利，不让失败影响心情。这样做并不简单，因为我们遭遇挫折的次数实在太多了。

当你在收容所里做志愿者时，你要努力去了解每一只狗狗。这样你就可以给它们带去爱和关怀，也可以更有效地劝说可能的收养者收养它们。

而另一方面，当你逐渐了解它们，你就会爱上它们，如果你看着它们一个接一个地安乐死，便会极度痛苦。确实有很多狗狗安乐死了。

这就好像每只狗都带有一个计时器，计时器在无情地倒计时。如果没有人在时间到达零点以前来收养它，这只狗狗就会死去。而什么时候时间会变为零？这是不可预测的，通常和其他被人捡回来的狗狗和迷路的狗狗的数量直接有关，这样一来，之前的空位就被占据了。

洛杉矶动物控制系统的救助问题在于供需不平衡。好的狗狗的数量远比好的收养家庭的数量要来得多。很显然，没有对狗狗进行卵巢切除或阉割是原因之一，但这并不能解释所有的问题。在我眼里，许多人对于动物的心态让人感到不安和烦恼。他们把动物看作物品，像家具一样可以遗弃。不幸的是，法律也持相同的态度，虽然很多地方正在发生改变。

我遇见过许多狗狗的主人，我多么希望曾经做了绝育手术的是他们自己的父母。

有一天，我的女儿海蒂要找一条狗。她和我们一起去了世纪市的一个流动摊位。在那儿她遇到了澳大利亚牧羊犬混血吉吉，它非常温柔可爱。海蒂和吉吉很快就亲密起来，那天晚上海蒂把它带回了家。

我和黛比与那个经营"完美宠物救助"小组的女士见了面，就是这个组织拯救了吉吉并将吉吉交给了海蒂。她的名字叫南希·萨诺夫，是一位十分敬业的救援人员。我们和她聊了一个小时，离开的时候，我们得出了一个结论。

我们也能做这个。我们可以成立我们自己的救援小组。

我和黛比的想法略有不同。对她来说，这正好可以满足她最近表达的愿望：要在工作之外多做一些有用的事情。她对救援小组的未来充满了期望。倘若她能够在这个过程中对动物有所帮助，那就更好了。她即刻便将自己的全身心投入了进去。

我有我的担忧。比如说，大多数人都是在周末的时候来领养动物，而周末正好是看足球直播的时间。这并不是很久以后才需要面临的问题，马上就是五一劳动节了。

黛比几乎奉献了100%的时间，她的热情无情地践踏了我的犹豫不决和拖拖拉拉。我们从起名字开始，这是简单的部分。按照规则，我们宣布这个救助组织叫作塔拉基金会，致力于救援被遗弃的、无家可归的狗狗，主要是金毛猎犬。

成立这样一个基金会并不需要什么许可证。我们只需要对这份工作保持热忱、对狗狗保持关爱就行了。我们一开始就有几个优势。感谢了不起的南希·萨诺夫女士，我们成了"完美动物救援"组织的一个分支，这样就不用经历漫长的过程去弄到一个非盈利税收组织的位置了。并且，我们在收容所系统中做过志愿者，对收容所机构已经轻车熟路，因而获取了一些重要的人脉。

唯一一个真正的不足之处是，这个组织目前只有我和黛比两个人，而且黛比有一份全职工作。大多数救援组织都有一大群志愿者提供帮助，但我们没有。或许我们应该想办法来招募志愿者，但是我们从来没有这样做。最后在整个过程中只有4名兼职的志愿者。他们给了我们巨大的帮助，尤其是一个名叫凯茜·珀尔的女士,她几乎从始至终都和我们在一起。

但是我和黛比最后几乎做了所有的救援工作,所有的跑腿工作,所有的宣传工作,所有的打电话筛选潜在收养者的工作,以及所有其他的工作。这使我们身心俱疲。

有一件事是绝对不成问题的,那就是找到需要救援的狗狗。收容所里到处都是这样的狗狗,各个品种、各个体型都有。我们所要做的就是将它们从收容所里带出来以后再给它们找容身之处。

明显的是,那些把狗狗遗弃在一个条件很差的收容所里的主人大概也不会把狗狗照顾得很周到。所以我们将要救援的狗狗很可能会有一些健康问题需要处理。我们要给它们洗澡、打针,一边给它们找个安全的地方待,一边给它们找领养的主人。

兽医诊所满足以上所有的条件,我们很快就得知兽医十分渴望和我们合作。所有这些事项都需要花钱,虽然他们很大方地给了我们折扣,但成为我们救援行动的基地对他们来说仍然极有好处。

所以我们立马就有了硬件支持。

但我们还没有狗狗。

我们开始奔走于各个收容所,主要是寻找金毛猎犬。神奇的是,金毛猎犬并不少,我们马上就有了8只。但不久我们就意识到我们不能也不应当只救金毛,有太多出色的狗狗需要我们关心,不论是纯种狗还是混血狗。

我们在兽医那里有了一个一次可以容下25只狗的地方,但狗狗的数量从来不会少于25。我们首先会把所有需要我们帮助的金毛猎犬放进来,然后利用剩余的空间收留其他值得帮助的狗狗。

我们每周去收容所一两次,这取决于狗狗的领养情况。每只狗狗领养时,我们要和其他任何人一样走程序,一只一只地领养。一旦我们去了收容所,我们就尽可能往车里塞满狗狗。

几乎所有的领养者都是从洛杉矶时报的广告上知道我们的。那时候因特网还没有普及,要是放在今天的话就会容易得多了,潜在的领养者可以上网查看有关可领养狗狗的资料,他们还可以填写预备申请表。我真希望那时候我们可以利用这些资源。

我们的狗狗救援行动既令人心情愉悦,又令人恐惧发慌。一方面,这是最单纯的救援形式。我们在收容所里搜罗没有生存希望的狗狗,一旦它们到了我们这里,就肯定会找到一个好的归宿。

但我们是从成千上万只同样值得救助的狗狗中将它们选出来的,我们知道没有被我们选中的狗狗中只有一小部分能活下来。我们选择的狗狗就是那些海星,我们就是那个海滩上的男人,只能对非常非常小的一部分做出改变。

这意味着我们做出的是关乎生死的决定。这样的事情我是不会建议其他人做的。我们在收容所里从那些狗狗身边经过，被我们选上的狗狗则获得生存，与我们擦身而过的狗狗则很可能会面临死亡。我们对此无能为力。

　　最终，我们所救援的狗狗中大约有60%是金毛猎犬，其他大部分是混血犬。它们的一个共同点就是体型庞大，因为在收容所里小型犬比较容易被人收养，所以我们就集中于对大型犬的救援。我们很少会带走一只不到60磅的狗狗。

　　我们的救援行动很快就顺利开展起来了，至少在给狗狗安家这方面十分顺利。比起到收容所里去领养狗狗，人们更愿意去救援小组，至少在加利福尼亚南部是这样的。因为对于动物爱好者来说，光是走进收容所这一想法就足以令人却步。他们害怕收容所里的景象会使他们伤心欲绝。一般情况下他们确实会伤心欲绝。

　　而来到像我们这样的救援小组就不会有那样的担心了，我们给他们的是安全感。领养者需要签署一份合同，如果领养最终不成功的话，不管是什么原因，他们都需要把狗狗归还给我们。这防止了他们把狗狗归还给收容所，在收容所里被归还的狗狗通常都不会活得很好。而把狗狗还给我们，他们就知道狗狗会得到很好的照顾，这样一来，他们就不会有潜在的罪恶感。

我要说，虽然领养者没有了罪恶感的负担，但我们依然有。我们选择那些我们喜欢的狗狗，选择那些看上去最需要帮助的狗狗。而它们需要的这些"帮助"，通常会成为其他人不想收养它们的原因。

事情是这样的，我们会拯救一只狗狗，要么是已经知道它的问题，要么是随后发现它的问题，这些问题都会使它们成为人们不愿领养的原因。也许是年龄太大了，也许是有癫痫症，也许臀部有毛病，等等等等。大部分人，即使是好心好意的人也不愿意处理这样的问题。

问题狗狗的一个典型例子就是纳吉。它是一只十岁的金毛猎犬，被遗弃在南洛杉矶动物收容所里。纳吉在收容所里疾病发作，再加上它的高龄，使它几乎没有被收养的可能性。

更何况纳吉还是一只失明犬，100%会被处以安乐死。没有人愿意花费金钱和精力去收留纳吉。纳吉所在的收容所，甚至纳吉所在的这一队里还有许多年轻健康的狗狗呢。

看到纳吉在收容所的笼子里恐惧的模样，是一件极其痛苦的事情。它无法看到周围的世界，还被其他狗狗欺负作弄。我们无法就这样丢下它离开，虽然我们知道即使将它带到我们的救援小组中也不会有什么好的结果。纳吉就这样来到了我们家，度过了安全快乐的两年。

这样的事情时常发生，正因为如此，我们家的狗狗队伍才会持续壮大。一旦我们从收容所救下了一只狗狗，我们怎么能忍心将它扔在兽医那儿的笼子里，被潜在的领养者不断拒绝呢？那是什么样的生活啊？狗狗还不如在收容所里直面自己的命运呢。我们的罪恶感突然降临。

我们还考虑到了一个更实际的情况。如果一只狗狗占据一个笼子的时间太久，我们就不得不减少新加入的狗狗数量。

当这只狗狗没有被领走时，我们有两个选择：要么将狗狗继续留在笼子里，要么把它带回家。我们一直选择后一个。令人意外的是，随着我们家狗狗数量的增加，继续带狗狗回家不是越来越困难，反而越来越简单。

当你有两只狗时，那么养第三只狗就需要下很大的决心。比如，诊疗费用就会增加50%。但如果你有21只狗，那么再加上一只就看不出什么额外的困难。如果你现在有28只狗，收容所给你打来电话说他们那天下午要解决掉一只年老的金毛猎犬，如果你不去领养它，它就会死去，那么你就会去领养它，你就有29只狗狗了。

因而我们持续不断地把狗狗领回家，一只又一只，一只又一只。我们超越了正常人救援狗狗的心态，进入到了完全疯狂的状态，并且义无反顾，再也没有回头路了。

创造奇迹的"公主"

我和黛比去了加利福尼亚州唐尼市的一个名叫 SEACCA 的收容所。这个地方拥挤不堪，十分糟糕，我们想把它们带离这个地方，在这里它们一点被领养的机会都没有。所以我们从这里带走了很多狗狗。

但违反常理的是，那些最差劲的收容所通常都是由那些最有爱心的人经营的。SEACCA 就是一个完美的例子。这个收容所的管理人是罗恩·爱德华兹，他后来成了尔湾收容所的负责人，就是他在后来在火灾中给我们的狗狗提供了避难所。在 SEACCA，罗恩尽全力照顾保护动物们。虽然他的努力并没有取得成功，但这并不能改变他为之努力的事实。

一天，正当我和黛比走过 SEACCA 的时候，一个养犬工人把一只狗狗拴在一根长长的杆子上——而不是皮带上——带着它走向那间屋子。我们明白了，这只狗狗就要被处以安乐死。

理智上来说，这并没有什么震惊可言。我们知道安乐死在那儿十分普遍，绝大部分的"收容犬"一进收容所就再也出不来了。举个例子，2007年，根据加利福尼亚的公共收容所上报的数据，有391000只狗狗被处以安乐死。并且，大部分观察者相信收容所都倾向于少报数目。在我们面前上演的这一幕，无疑每天都会发生很多很多次。

这只狗狗特别可爱，大概是某种梗犬的混血，不超过30磅的样子。它年纪有点大了，隔着一段距离看，我猜它可能有七岁了。虽然它的毛乱糟糟脏兮兮的，但它脸上却带着笑，压根不知道它要去哪儿。

但它过一会儿就不用去那儿了。

当他们离进行安乐死的房间大约30英尺的时候，黛比尖声叫道："你究竟要把我的狗狗带到哪儿去？"

这个工人回过头，大概离我们1英里以内的所有人都回过了头。他看见黛比穿过大厅，向着他狂奔过去。她一把抓住了长杆，他很识趣地把杆子交给了她。他看上去害怕极了，似乎要把钱包都掏出来给黛比了。

黛比从养犬工人手中接过了杆子，立马就扔到了地上，跑过去把杆子的另一头从狗狗的颈圈上解下来。然后她抱起了狗狗，一直抱着，直到我们走进车里才把它放下。

我们把它安置在诊所里，和其他我们救下的狗狗放在一起。

黛比给它起名为"公主"。它身体状况很好,马上就成为领养的备选狗狗了。

刷毛梳洗弄干净以后,它就显得越发可爱了。

有一天,一对年过六旬的夫妇带着他们的儿子来到了我们这儿。他们的儿子叫理查德,三十几岁,很显然心智不大健全。他说话的时候吞吞吐吐,不带什么感情。用过去的冒犯的话讲,我们会说他是个"智障"。

我已经和这对夫妇在电话里进行过详细的通话了,所以我知道这位先生是加州富乐敦州立大学的教授,他的妻子没有工作。大部分时间,她会和他们将要收养的狗狗待在家里,狗狗会在他们家吃住睡觉——这是我们提出的一项必须要求。但他们并没有提及他们的儿子。

他们本来是想领养一只金毛猎犬,但是理查德有别的想法。当他看见公主的时候,他的眼睛亮了起来。不到三分钟,公主就坐在了理查德的膝盖上。理查德微笑着抚摸着它,它也一脸享受的模样。他们之间很显然已经产生了感情。于是理查德的父母就决定正式领养公主了。公主的生命发生了可喜的转变。

大概三个星期后,这位先生打来了电话,他的妻子就在他身旁。他要求我和黛比一起来接听电话,黛比过来了。

黛比过来以后,这位夫人接过了话筒。她告诉我们,理查德六个月大的时候出了一场意外，从那以后他的行为就飘忽不定，因而他需要在一个特殊机构接受照顾，不能一直和父母待在家里。三十多年来，他们一直都只能在周末的时候才能带他回家。

然后她接着说，自从领养了公主，理查德发生了令人吃惊的转变。公主给理查德带来了安宁和愉悦，他十分宠爱它。理查德愿意宠爱它，公主也自然而然愿意被他宠爱。他们已经密不可分了。

她说，他们最后咨询了理查德的医生，他们都同意现在理查德可以搬出机构，可以一直和父母待在一起了。那天早上他就离开了那个机构。

于是他们给我们打电话："谢谢你们让我的儿子回来。"

我很少和人讲起这件事，因为一想起就让我哽咽不已。对一只狗狗的爱彻底地改善了这一家人的生活，让这个家庭得以重新团圆。

公主做了一件医学都无法完成的事。

而一个月以前它还是一只拴在杆子上的狗狗。

最温柔的"公爵夫人"

当时我正在奥兰治县一个离我家很近的图书展览会上做签售，快结束的时候一位女士向我走来，告诉我她正面临的困境。她说她丈夫得了癌，所以身边不能养狗，害怕有可能会感染。所以他们不得不弃养他们那只十岁的黑色拉布拉多犬——公爵夫人。她问我是否能带走它。

她的故事在我听来并不十分可靠。尤其是当我告知她，我愿意领养这只狗，但是我会尽力将自己视为她的临时看护者，如果他们的情况有所改变，她的丈夫可以和公爵夫人共处一室了，那么她就可以把它带回去时，她看上去对这一可能性并无半点兴趣，这让我感到很惊讶。因为通常情况下，因相似原因被迫弃养爱犬的主人都会极其关心他们能否收回狗狗。

我并没有兴趣去细想这个故事的真实性，因为如果她想要或者需要放弃这只温柔得出奇的狗狗，不管出于什么原因，公爵夫人和我们在一起也大概会活得更好一些。但在公爵夫人来我们家的两个星期里,我的怀疑有增无减。我给这位女士发邮件,告诉她公爵夫人的近况,她适应得很好之类的,她却一点回音也没有。

总之,公爵夫人如今已经和我们在一起度过了四个年头。它从来都不会闯祸,一次都没有,即使是最小的麻烦。它从不对人吠叫,从不生气,当你经过它身旁时,它会翻过身子让你挠它的肚子。它有点儿大小便失禁,但吃点药就好了。再也没有比它更讨人喜欢的狗狗了。它已成为了我们家一名出色的成员。

我们的大救星圣·辛迪

在我们将要出发的四个月以前，我们对如何进行这次旅行依然毫无头绪。小气鬼特拉沃尔塔和奥普拉依然没有把飞机借给我们的意思。虽然我依然站在电话机前等着，以防万一。

黛比心血来潮，也许有线电视台会对我们这场旅行感兴趣，想把它拍成真人秀，那么他们就可能会资助我们，并提供适当的交通工具。我给我的一个制片人朋友打了电话，他是行家，知道这是否具有可能性。

他说这个主意不是没可能，这场旅行也十分有趣，但我们需要同意他们的几个条件。首先，一场为期四五天的旅行无法满足电视台想要拍摄一季的需求，更不用说拍摄好几季了。他们要在我们到达之后在我们的屋子里搭建工作室，来记录我们和狗狗度过的每一天。

让一个摄制组和我们所有的狗狗共处一室，这简直不堪设想，这本身已经够坏的了。更糟糕的是，我朋友还说摄制组要求我们制造"人际冲突"。当然，要是我们真要"人际冲突"，我一定会给他们比冲突更劲爆的画面——我会在镜头前死给他们看！

于是我们放弃了这个真人秀的主意。

不管我们最终选择了怎样的交通工具，依然有一个我们似乎无法解决的问题。我们需要有人来帮助我们，除此之外别无他法。仅凭我和黛比两人之力根本无法完成这次搬迁。

我不是一个善于求人帮忙的人，也自然没有那么大的影响力。我不是说我不接受他人的帮助，我会摊开双手欢迎。但我通常不会向人求助。想接受别人帮助却不愿开口向人求助，这可不是件容易的事儿。

我突然想起了辛迪·弗洛勒斯。

辛迪住在北卡罗来纳州，我以前偶尔会和她联系一下。她曾给我发邮件自我介绍，并向我请求帮助，她的一个狗狗救援小组正在举办拍卖会。于是我给她捐了一本我签名的书，并赠予了她一个"人物名字"——这指的是拍卖会的中标人的名字可以用来命名我未来书中的一个人物。如果他们愿意的话，用他们的狗狗的名字来命名也可以。我常常为全国各地的救援小组提供这样的帮助，他们也常常会赚不少钱。

拍卖会进行得很顺利。自那以后，我和辛迪就保持着联系。我在现实生活中是个"隐士"，但一旦用上了电子邮件，我就成了"交际先生"。辛迪为救援小组尽心尽力，显然也有能力做出成绩来，对于这一点，我很佩服她。因此，虽然我几乎已经询问了所有美国人，问他们是否有什么点子来帮我们给狗狗搬家，我还是请教了辛迪。第二天她回我邮件，邮件中包括以下内容：

大卫·罗森费尔特：

横跨全国给狗狗搬家可能遇到的困难包括——

1. 能放得下二十几只狗狗的交通工具和驾驶员。

2. 排便时间和运动时间（把狗狗从车上带下来，拴着皮带带它们散步等）。

3. 给狗狗喂食，需要带上足够的食物，或在旅途中购买。

4. 狗狗和人都可以安睡的地方。

5. 风险管理计划——要是车辆出故障、狗狗生病或有其他出行问题（交通问题、事故等）该怎么办。

6. 在旅途中需要查一下各州的法律法规，以确保没有什么愚蠢的规定，比如说一辆 Winnebago 房车不能运载十只以上的狗狗。

7. 我肯定还有没想到的地方。

这简直美好得不真实。辛迪·弗洛勒斯是上天派来拯救我们的。对于这一点我深信不疑，因为她又告诉我，她愿意参与到我们的旅行中去，并会考虑召集一些朋友一起来帮忙。

我不想表现得过于热情，于是就邀请她做我们此次旅行的"至尊女王殿下"，她同意了。我想的是，我自己做那个傀儡领袖，做个提线木偶，而辛迪则担当操控者。我很乐意扮演这样的角色。

于是我们开始了漫长的讨论，集中讨论了几个可行的办法，大概一共发了一百来封邮件。交通工具的选择依然是最大的问题，我决定尽可能多地向他人求助，寻求真正可行的方案。辛迪也会和我一样。

我最先想到的是用卡车，因为很显然卡车容量大，可以装得下我们那么多的狗狗。我们可以在卡车里铺上毯子，给狗狗们创造一个舒适的环境。我给 Penska，Ryder 以及其他任何我所知道的公司打了电话，但没有一家公司可以提供装有空调的卡车。

我委婉地拒绝了他们，但是这些可不是能够接受"不"字的公司。你一旦和他们联系过一次，他们很有可能会每隔20分钟给你回个电话，试图让你接受你刚开始就拒绝的提议。

第二个选择是马拖车。我的一位读者在洛杉矶好莱坞公园的赛马场工作，他人很好，帮我做了些调查，发现现在的马拖车都不用空调了，而是在高处开几个窗户通风。但这些窗户都很高，因为马的体型高大。大概只有我们的藏獒犬旺达才能适合这样的环境。

不选择火车有很多原因。主要是因为无法遛狗。25只狗狗在密闭的车厢里关上整整5天,可能会变得有点彪悍。

我又发现了一些公司出租派对巴士,就是那种巡回演出的音乐家可能会用的巴士,但价格还是很昂贵,并且不允许狗狗上车。我们打算买一辆旧的校车,把里面的座位拆除。但我很担心,要是我们所有人和所有狗狗都挤在一辆车里,万一车坏了,我们就完蛋了。这种旧校车在那样的长途旅行中很可能会坏掉。

最有希望的就是货车。货车很宽敞,三辆就可以轻松装下所有的狗狗。重要的是,乘客车厢和货物车厢是通的,因此冷气可以循环流通。货车租起来也没有那么贵,我们之前从圣莫妮卡到奥兰治县搬家就是用的货车。

货车看上去无可挑剔,似乎没什么理由拒绝,但事实并非如此。没有人会租给我们单程货车。我想他们大概是在遵守一项什么法令,而这项法令就是本着让我们的生活痛苦悲惨的目的而签署的。货车只出租给短途搬家的人,也许是把家具从一个地方搬到另一个地方。我们没法让任何公司给我们破例。

接下来的选择是旅行房车。我们打算买上几辆。但其价格让我们很快就打消了这个疯狂的想法。尤其是我们不想在缅因家门口的车道上停满旅行房车。我们也不想再私下转手买车，太麻烦了。我们想的是，旅行一旦结束，一切都应当结束了。

对我个人而言，在此次旅行尚未开始时，我就已经期待着它结束了。

我打算租几辆旅行房车，但是觉得应该预先查询一下他们对所载货物有什么要求。我尝试的那家公司没有谈成功，他们说一两只狗还可以考虑，但我们说的数字太大了，绝对不可能。

因此，我和辛迪决定继续咨询查找，同时还要解决另一个问题：旅途中我们到底要在哪儿睡觉？

金毛彭宝

当我开始小说生涯时,我做出的最好的决定之一就是在我的书上写下我的电子邮件地址,公开邀请读者给我反馈。我很快就发现基本上读者都是友善的,只要他们喜欢这本书,就很乐意给作者写信。

结果,我收到的大部分反馈都是正面的。一本新书出版了,我就收到成千上万封来自陌生人的电子邮件,告诉我,我有多么厉害。你可以想象,我常常必须要克制自己凌晨三点起床开电脑的冲动。

我克制这种冲动的原因之一就是,一旦我起来了,再想回去睡就难了。我睡的那个位置通常会被一只伯恩山犬或者藏獒给占领。

2004年春的一天,我收到一封电子邮件,来自一位名叫帕特·菲什的女士。她告诉我,她读了我写的一本书,十分喜爱,但她写这封邮件的主要原因是想要表扬我在狗狗救援行动中的所作所为。

　　她说她是个金毛猎犬救援小组的志愿者，目前养着一只三岁的金毛，但是一直没能给它找到领养家庭。似乎这只金毛患有严重的癫痫，并且发病十分频繁，几乎没有人愿意将它领回家，承担养育它的责任和费用。她附了一张照片，照片上是一只十分漂亮的金毛猎犬，她说它的名字叫彭宝。

　　和人一样，狗狗的癫痫发作时也十分剧烈，看上去有点吓人。但实际上癫痫几乎没什么危险性可言，你不用担心狗狗会吞下自己的舌头，而且发作过程也就几分钟。之后，狗狗也许会在短时间内不知所措，但很快就会恢复正常。并且，犬类的癫痫也不会对狗狗的心理造成任何影响。癫痫发作一旦停止，就停止了。何况药物通常能很好地控制癫痫，只要你知道你将面对的是什么，癫痫真的没什么。照我的理解，真正的危险只有一个，那就是如果癫痫发作时间过长，狗狗体温过高就会造成危险。但根据我们的经验，对于那些本来很有希望的领养者来说，癫痫是他们拒绝领养的主要因素。通过帕特对彭宝癫痫发作的频繁和剧烈程度的描述，我可以想象彭宝一定很难被人领养。

　　我收到邮件的时候正要出门，我要去黛比的办公室接她然后送她去机场。所以我给帕特留了我的手机号，让她打我电话。

几分钟后她打我电话，我问她住哪儿。我想的是要是她家就在加利福尼亚或在附近的话我可以把彭宝接到我们家来。我们家已经有三只患有癫痫症的狗狗了，再多一只也没什么困难的。只要彭宝不是同类相残型的狗狗，我们就很乐意接纳它。

她说她住在路易斯维尔，我马上告诉她，我会在五分钟内给她回电话。我接了黛比，她正准备乘坐塔可钟公司的公务机去路易斯维尔。

塔可钟公司的总公司百胜餐饮集团就位于路易斯维尔。黛比告诉我（我就知道她会这么说）：如果救援小组已经为彭宝做好了准备，她会想尽一切办法让彭宝在第二天就搭上塔可钟的公务机来到我们家。

我给帕特回了电话，告诉她这个消息。她对此十分激动，告诉我，她会立即联系救援小组的领导人然后再与我联系。

那天晚上晚些时候，她确实联系了我，但却告诉了我一个坏消息。她说她无法及时做好组织工作，言外之意就是救援小组的领导并不想这么快就做出决定。没有取得成功，她的失望之情溢于言表。她仅仅是个志愿者，并没有权力打这样的电话。

这对我来说完全说得通。救援人员十分重视处于他们保护下的狗狗的利益。把这只狗狗交给一个家里已经有30只狗的疯狂陌生人，如果我是他们，我也不会做这样的决定。

我们没有理由强迫帕特去做什么，因为她在这件事上没什么发言权。而且对我们来说这也并不是个悲剧，要是彭宝能来的话我们很欢迎，但要是它不能来，它也并不会在收容所里面对死亡。我知道帕特会好好照顾它的，所以我对帕特说，祝她一切安好。然后我对黛比说公务机上也没有可以安置狗狗的地方。

三个星期后，我正准备巡回签售我的第三本书《开门不见山》，帕特给我回了电话。她告诉我救援小组改变了主意，现在他们很想让我们领养彭宝。我猜他们一定是对我们做了调查，然后觉得让我们收养彭宝是可以接受的。

但是，他们反对让彭宝坐飞机过来，因为他们认为，按照彭宝的状态，乘坐在公务机的底层并不安全。

我的售书活动的最后一站是阿尔伯克基。帕特说她和她的丈夫迪克愿意开车将彭宝从路易斯维尔送到阿尔伯克基。这对他们来说是一段很长的路程。后来我发现，这种努力的精神是这类人身上特有的品质。我告诉她，要是他们能把彭宝带到阿尔伯克基，我就会取消航班，租一辆车，带着彭宝开回加利福尼亚。

于是他们带着彭宝来到了我正在做签售的书店里。我很高兴他们能来，原因之一：要是他们没能出现，这个签售会就只有我孤单一人了。我大概会给自己签一本书，并写上这样的赠言:"致大卫:你是一名出色的作家,一位特别的朋友,一个帅死人不偿命的男人。"

海明威和福克纳曾有必要做这样不要脸的事吗?

这个书店实际上正处于半倒闭状态,一半的书架都是空的,到处都是箱子。于是我、帕特和迪克就那儿聊聊天、摸摸彭宝。彭宝和照片上一模一样,非常漂亮。并且,帕特说,彭宝还经过训练,不会在室内大小便。

最后我们道了别,我带着彭宝坐上了一辆租来的车,开往加利福尼亚南部。我们没看到别的车开出来,因为我前面不是说了我的签售会上连个人影儿都没有嘛。

从阿尔伯克基到加利福尼亚要开十二个小时的车,所以我们在出发前先去了麦当劳,我给彭宝买了个双层汉堡。然后我们开了四个小时的车,晚上睡宾馆。刚开了房,我就带彭宝出去散步。作为一只受过训练的狗狗,它已经很久没有方便了,一定是憋着呢。

我们出去散了四十五分钟的步,但彭宝一点要方便的意思也没有,于是我就带它回了房间。我打算在夜里醒来再带它出去试试。

但事实上,彭宝虽然不会在家里的室内大小便,却会在宾馆的房间里大小便。我们刚到房间里,就在我关上门的那一刹那，它就尿得到处都是。我对它大吼，它却连一丝害怕和悔恨的神色也没有，一直在冲我微笑。

如今彭宝已经十二岁了，它是我们拥有过的最好的狗狗之一。有时候它的癫痫会发作，但五年前发作过一次后就再也没有了。它逐渐变得迟钝了，但身体依然很健康。我已经勉强原谅它那次在宾馆里尿尿的事情了。

我很高兴地告诉你，彭宝是我们此次缅因之行的25只狗狗中的一员。幸运的是，彭宝不会在旅行房车里尿尿。

威利小男孩

人们抛弃宠物的原因多种多样。有些是合乎常理的,但大部分是出于愚蠢和冷漠。抛弃宠物的方式也多种多样,最让人讨厌的一种就是把狗狗寄养在某处,报上一个假名,从此一去不复返。

有一天,我和黛比接到了我们在玛丽安德尔湾诊所——海湾城动物医院的求助。有人在他们那儿寄养了一只十四岁的混血松狮犬,接着就消失得无影无踪了。这只狗狗叫威利,它已经在诊所的笼子里关了四个星期了,他们不知道该拿它怎么办好。

由于我们的救援组织是以这个诊所为大本营的,他们便希望我们能给威利安排一个领养家庭。我们答应尽力而为,但是一只十四岁的混血松狮犬几乎没有被领养的可能性。

黛比在《洛杉矶时报》上给威利做广告,写的标题是"告诉他们威利小男孩在这儿"。这份广告以诚实的口吻准确地描述了威利所在的艰难处境。

广告登上报纸的那天下午,我就接到一位男士的电话。他开门见山:"我对威利很感兴趣。"他的声音很有力,也很耳熟,但我无法把他和谁对应起来。像对待所有潜在的领养者那样,我问了他一系列问题,大部分是关于他为什么对威利感兴趣,他的家庭是怎样的,他是否有其他狗狗,他会不会把威利养在室内,诸如此类。

他说他曾经养过两只狗,但一只最近去世了,剩下一只十二岁的母松狮犬混血,似乎威利刚好能和"她"做个伴。

他的回答都很完美,通过我们的筛选几乎不成问题。当我得知他的名字时,他成功领养的机会就更大了——他说,他叫"查克·赫斯顿"。

我竟然在和奥斯卡影帝查尔顿·赫斯顿(查克是查尔斯的昵称)对话,而且他想要收养"威利小男孩"。

应当指出的是,现在我和赫斯顿先生在政治上的立场是完全相反的,我对他大部分电影也没什么兴趣。我宁愿看美式足球球员本·罗斯里斯伯格也不愿看赫斯顿主演的电影《宾虚传》。但是我可以判断出威利并不关心政治,也算不上什么影迷。并且我和它一致同意,任何能出手相助收留一只年老的混血松狮犬的人都应得到它的喜爱。再说,如果不被人收留,威利的下半生就只能在我家嚼饼干了。所以它很坚决,不允许我把这事儿搞砸。

我在我早年的电影制作生涯中曾与赫斯顿先生有过一面之缘。当时是在一部名叫《超世纪谋杀案》的电影见面会或者展映上,我们的见面也十分仓促。那大概是四十年前的事了,细节我也记不太清楚了。他肯定已经忘记我了。

不管怎样,我们也不可能再重新相识了。他让一个助手来接威利,这位友善的女士向我保证,他们一定会好好照顾威利的。载着威利的车开走了,威利坐在车上,像英国国王一样拉风。

这位女士还带了一张2500美元的支票,那是赫斯顿先生捐给我们组织的善款。在接下来的三年里,每年他都会给我们一笔数目相当的捐款。

我不知道威利小男孩活了多少岁,但我对一点很肯定:这个老家伙死得很风光。

"你们这儿让住宠物吗？"

我买了一本动物友好型的旅游指南书，这本书给美国接受宠物入住的宾馆和汽车旅馆列了一个长长的清单。我开始决定我们应当住哪些旅馆，虽然现在预订还太早了点。我们不仅不确定交通工具是什么，连路线都不知道。再加上，即使我们已经确定了路线，我们也无法得知每天可以走多少路，中途会在哪里停下。

如果你说我们现在已经站在起跑线上了，那真是太看得起我们了。

那时，我努力猜想旅馆对我们的要求会做何反应。我决定说实话，并不是因为我本性诚实，也不是因为道德法则的驱使。

这是因为，我害怕要是我撒了谎，当我们来到一家旅馆，我们根本没办法偷偷地把狗狗带进去而不被人发现，这样一来我们就会被拒绝入住。要说我们能不被发现就溜进去，唯一的可能性就是旅馆经营者当时正处于昏迷之中——只能靠仪器来维持生命的那种深度昏迷。

我打电话联系的第一个旅馆位于盐湖市。一位女士高兴地告诉我，他们欢迎狗狗入住，还提供水和饼干。当然，我们需要支付一笔可偿还的清洁保证金。30磅以下的狗狗每只50美元，30磅以上的狗狗每只70美元。

我没有仔细算，但我很肯定我们是和一大堆狗狗一起旅行，这笔清洁保证金很有可能赶得上一个第三世界国家的GDP。

我把我们的情况全部告诉了她，并不是因为我不想住那家旅馆，而是因为我想知道她的反应并得到她的建议。她哈哈大笑，觉得这可能是她听说过的最搞笑的一件事。笑完之后，她坦白说他们的经理是不可能同意我们入住的。

她连向经理提出请求的勇气都没有。并且她还怀疑世上根本就不会有旅馆经理会答应这样的请求。

这样一来，在旅行之前的三个月，我们既没确定交通工具，又没有足够的帮手，也没有找到中途提供吃住的地方。

真是焦头烂额。

艾米特·路德和他的妻子黛布在乔治亚州经营着塔可钟公司的一家分公司，他们住在亚特兰大郊外的一个农场里。艾米特是这样一个人：高大、魁梧、幽默，很乐意把身上的T恤脱下来送给你，虽然几乎一直都是一件SEC[1]的足球衫。

我们是由于黛比在塔可钟的工作关系认识路德夫妇的。我们四人一起去看过足球赛，还一起旅游过一次。我们把他们当成好朋友。当他们得知我们的困境后，他们的反应说明我们这么想是对的。

黛布需要待在办公室里，但是艾米特想和我们一起去。我才刚刚告诉他什么时候到加利福尼亚，他就决定加入我们了。

他不仅热心地加入了我们，还是个无可挑剔的帮手。艾米特告诉我，他年轻的时候开一辆18轮的越野卡车，以此谋生。我是一个分析能力很强的人，所以我推测一辆18轮的卡车必定是一辆带有18个轮子的卡车。如果我们需要用到某种类型的交通工具，我觉得轮子应该多一点，而这对艾米特来说是小菜一碟。

艾米特也很喜欢动物，他的狂热程度远在我和黛比之上。他和黛布有个房子，还养了许多的动物，各种各样，包括许多的狗狗和山羊，都可以开农场了。

艾米特非常非常适合加入这次旅行。

我最喜欢做签售的地点是休斯敦。我在一家名叫"被书谋杀"的超棒的神秘小说书店做签售，主要是用来帮助"金色开

---

[1] 似指东南联盟（Southeastern Conference），美国的一个大学体育联盟。——编者注

端"救援小组。

对于一个救援小组来说,金色开端十分完美。我们从他们那里领养了两只金毛猎犬,它俩因为年老,安置起来十分困难。一只名叫巴迪,小巧可爱,另一只名叫凡·高,只有一只耳朵。它们都是很好的狗狗,虽然领养之后不久它们就都去世了,但我们依然觉得能和它们一起生活是种幸运。

我和救援小组中的两位女士成了朋友——琼妮·帕特里克和罗宾·米勒。签售前夜我邀请她们与我共进晚餐。罗宾带来了她的丈夫兰迪,我之前没有和他见过面。

我们聊到了去缅因州的旅行,这没什么值得大惊小怪的,因为我和任何人聊天都会聊到这个。兰迪听了以后,毫不犹豫地决定加入我们。

兰迪会给我们带来许多帮助。他和罗宾都是热心投入的救援人员,对年老体弱、有特殊需求的狗狗特别好。作为一名退休的航空公司主管,他精通飞机检修和维护,对怎样修理东西很有一套。这正好跟我形成完美的互补,因为我对怎样弄坏东西很有一套。和艾米特一样,兰迪也有丰富的越野驾驶经验。

兰迪是个保护欲很强的人。他觉得有他在、利用他的技能,就可以保证旅程中每个人、每条狗的安全。这就足以让他加入我们了。

锦上添花的是,艾米特和兰迪两人都是"真"男人。他们家中竟然都有工具房。在他们两人加入之前,我们队伍只有辛迪、黛比和我,这意味着我们很缺"真男人"。

但突然之间我们就有了两个"真男人"——就算把我也包括在内,还是只有两个。

我们还有很多事情没有决定,包括出发的日期。我们在缅因买了一套消夏的房子,所以还需要翻修一下,安装过冬设备。我们遇到了许多施工问题,所以我们不断地推后出发日期。

从5月推到了6月,又推到了7月。我们对承包人说,我们并不十分着急,但一旦日期确定,他们就必须要在此之前完成。一旦我们出发了,就没有重启按钮了。

当然,虽然我们没有催他们,但房子必须在10月之前准备好。我们不能承受旅途中遇到暴风雪这样的事故,否则我们可能无法活着到达了。

他们最后定下了一个对他们来说比较合适的日期:11月10日。我告诉了辛迪、兰迪和艾米特,他们都觉得可以。辛迪的一个朋友,玛丽·琳恩·邓达斯,也想与我们同行。于是加上黛比和我,我们一共有六个人。虽然人数依然不够,但我们已经小有进步了。

猎人/都铎——都铎/猎人

每当我出了一本书，我通常会做时间长短不一的巡回签售。许多行程安排都是由书店或图书馆，以及当地的救援小组来安排的。

对我来说这是双赢。有救援组织参加，我的签售会上观众人数就明显增加了，因而我还可以签售更多的书。更重要的是，他们还能通过卖票、拍卖、抽奖买书等来为救援活动集资。

即使签售本身并不是什么救援活动，聪明的书商也会提醒当地的救援组织，告诉他们我来了，然后他们就会出现在我的签售会上，听一个同样对狗狗疯狂的同志发表讲话。

他们常常会带着狗狗来，有时候是经过书商允许的，有时候未经允许就带了进来。我每次看到狗狗来就很高兴，因为离家在外一段时间，我就需要狗狗来恢复一下心情，看一眼金毛猎犬就有家的感觉。

亚利桑那州斯科茨代尔市有一家书店叫毒笔书店，是美国最好的神秘小说书店之一。店主芭芭拉·彼得斯聪慧精明、热心敬业，是一位声誉极佳的书商。她性格强势，当她告诉我让我去她的书店签售的时候，我的反应就是站起来，看着她的眼睛，说："是，芭芭拉。"

芭芭拉每次都不会忘记提醒当地的金毛猎犬救援小组我要去做签售了，他们也每次都不会忘记带上一只金毛猎犬过来。几年前，《义胆军魂》上映的时候，他们带了两只金毛猎犬去了我的签售现场，那是一个星期天下午。

这两只狗狗英气逼人。它们是一对十二岁的兄弟，如果狗狗中间也有同卵双生的双胞胎的话，那么它们肯定就是。它们俩这辈子都是一起过的，但现在无家可归，在救援小组的照料下生活。它们为了来我的签售会已经打扮过了，头巾上分别写着"猎人"和"都铎"。

上了年纪的狗狗一直都很难被人领养，而这对狗狗的处境则更艰难，因为救援小组并不想把这两只在一起生活了十二年的狗狗分开，这可以理解。因而，他们必须找到一个愿意同时领养两只老年狗狗的人。

祝他们好运。

于是救援小组想到了一个绝妙的主意，那就是让我领养它们。这对我来说一点问题也没有。我连电话都懒得给黛比打一个就答应了下来。黛比肯定会因为只有两只而感到失望。

那时候是夏天，把狗狗放在飞机的底仓实在是太热了。于是我取消了我的航班，租了辆车，开了六个小时的车回家。鉴于彭宝之前很喜欢麦当劳，我们就停下来饱餐了一顿，算是对猎人和都铎的欢迎宴会，接着我们就出发了。

到家后就要向31位兄弟姐妹介绍新成员了。我们通常会在室外一个围栏围起来的区域内进行这项活动。我们常常会介绍一下新来的那只狗狗，然后其他所有的狗狗就会纷纷冲向它，检验一下它。对新来的狗狗来说，这有点儿吓人，但是不一会儿，它就会融入这个大家庭了。

这一次却不一样。我们在介绍这两只狗狗的时候，其他狗狗的反应十分搞笑。它们不知道到底该先冲向谁好，于是就像玻璃弹珠一样从一只狗狗弹向另一只狗狗。狗狗分成了两路，分别瞄准它们俩，因此猎人和都铎所遭受的压力也减小了一半。

唯一的问题就是我们的狗狗觉得很有必要给我们家设定一个时尚潮流。比如说，它们决定所有人穿的衣服都应该覆上一层狗毛。

猎人和都铎来的时候，它们立马就觉得戴头巾不是很时髦。于是短短几分钟内，它们就把头巾从猎人和都铎的脑袋上扯了下来。

一般来说这不会有什么问题，但是没有了头巾意味着没有了名字——它俩的名字写在头巾上。头巾没了，我们根本没办法区分谁是谁，因为它们俩长得一模一样。我们的解决办法就是管它们俩都叫"猎人—都铎"，在拥有它们的岁月里我们就一直这样称呼它们。

它们似乎并不介意。

有趣的是，自从和我们住在一起后，猎人和都铎好像没有那么亲密了。通常，我们的每只狗狗都会有自己的一块"活动基地"，在那里舒舒服服地玩耍、休息。猎人和都铎，一个整天泡在我们卧室里，另一个则选择了我的办公室。

这并不是因为它们不善于和其他狗狗相处，它们和其他狗狗会频繁地进行交往，而且很愉快。它们只是对彼此失去了兴趣。

我们和猎人／都铎还有都铎／猎人在一起生活了三年，也就是说它们是在十五岁的时候去世的。这对于金毛来说属于长寿的了，但显然还不够长寿。

它们俩在三天内相继去世。我说这一点并不是要暗示说一只是因为失去兄弟而悲痛欲绝，心碎离世的。因为它们在我们家的基地不同，我不确定它是否会意识到对方已经去世。但这当然是有可能的。要是说从这件事里我学到了什么的话，那就是狗狗的心也会碎。

"便便"……我只说一次

我不喜欢"便便"这个词,每次说的时候总有种荒谬的感觉。这个词听起来不太严肃,而且太柔和了。我清理了一辈子的东西是……鼓声响起来……狗屎!

我的背部动过四次手术,我估计这四次手术都是狗屎造成的。我确定没有人会对狗屎有特别的喜爱之情,但我应该不会比多数人更喜欢狗屎。

在加利福尼亚,天气总是好得让人不爽。我们家有扇双开门,推门出去就是我们用围栏围起来的土地。门总是开着,狗狗可以自由地进进出出。我们从来没想过要弄个"狗洞",真要弄的话,我们家的"狗洞"一定大得出奇。

当然,门总是开着也会有问题。夏天,冷气会出去,虫子会进来。而在寒冷的冬夜,我们家就成了可以挂肉的冰柜。

我想出了个办法,我这辈子都没有想出过这么巧妙的办法。

我们在门口的地方从上到下挂了许多条透明的塑料门帘，就像你在汽车清洗处见到的那样。狗狗可以通过门帘进出，门帘会立即回归原处。虽然这样还是不能保证完全密封，但这对于连灯泡也不会换的某人来说，已经是一个惊天地泣鬼神的好主意了。

狗狗的粪便在外面堆积起来了，我们必须勤快打扫。我很善于使用簸箕和扫把，而黛比则是使用塑料袋的能手。一旦我们清理了粪便，我们就要用水把整个地方冲洗一遍。这并不好玩，但不这样做我们更难受。

搬到缅因州给我们带来了一个更大的问题。那儿很冷，而且会下雪，土地很泥泞。如果我们依然使用这个"汽车清洗"的办法，我们肯定会冻死。

我们的承包人想了个办法，就是在房子外另建一个屋子，狗狗可以通过狗洞进去，然后从另一个狗洞到院子里去。这个屋子可以充当缓冲地带，使得外面的寒冷无法进入主房，狗狗沾上的雪和泥土也不会进到房间里来。

也许我是个老古董，但我真不想建这样一个"茅厕"。一来价格不菲，二来看起来很蠢，三来完全没有这个必要。

所以我们给承包人一项任务，要么找出一个狗洞，要么造出一个狗洞来，反正得解决我们的问题。对于我们的藏獒旺达来说，这个狗洞一定要够大才行。这意味着我们的狗洞大概要和林肯隧道[1]差不多大。

他们做到了！

如果你正好在缅因州，如果你正好需要一个很大的狗洞，那么你就打电话给Hervochon建筑公司吧。他们对我们的每一个古怪的要求都应对自如。

旺达只需要稍稍低个头就可以穿过透明门帘，然后门帘就会很快自动回归原处，因为安装了磁铁。这真是工程学的一个伟大成就。

不幸的是，我依然要清理狗屎。我扔掉了簸箕和扫把，改用一把雪铲，我一年到头都要用到雪铲，但在冬天，我的清理工作就变得尤为复杂，因为整个院子都盖上了冰雪。

我不会跟没有清理过狗屎的门外汉读者较真的，但这是个简单的物理学原理。狗屎结冰后就会一直在冰里面，直到冰融化。而在融化之前，你根本无法把狗屎弄走。但融化以后，我根本不想靠近这堆狗屎。

真是让人进退两难。

此外，当我要用水管来冲洗整个院子的时候——这是很

---

[1] 林肯隧道是美国纽约市的一条隧道，穿过哈德逊河底以连接新泽西州威活肯（Weehawken）与纽约市曼哈顿中城。——编者注

有必要的——冬天水管会结冰，除了水管会结冰，我的脸蛋和"爪子"也都结了冰。

总而言之，我们仍需要做这项清理工作。这真是件不幸的事，每个冬天就成了我们锻炼清理技巧的机会。

解决"怎么办"

我和辛迪·弗洛勒斯还打了好几个电话,经过慎重考虑,我们最后决定使用旅行房车,这是我们唯一可能的办法,如果我们可以弄到手的话。旅行房车对人对狗来说都比较舒适,也可以搭载相当数量的人和狗,我们还可以在车里睡觉。我们上网搜了一下房车的尺寸,似乎我们比较适合使用三辆车。

购买三辆旅行房车显然太贵不可行,也没有哪个公司会傻乎乎地租给我们。任何来过我们家的人都知道,只要我们的狗狗来过一个地方,这个地方就再也不会恢复原样了。

于是我决定撒谎。这个谎言是不会被拆穿的。因为这个公司永远不会知道我撒了谎。他们并不会和我们一起旅行。我知道车辆的任何损坏到最后都是由我们负责的,而且我们在归还车辆的时候也会做个彻底的清洁。这么一来,这个谎言相对来说也不会造成什么危害。

我们只是没别的办法了。

我给规模最大的一家旅行房车出租公司——巡游美国房车租赁公司打了电话，问他们有没有房车可租，价格如何。我没打算告诉他们我们要带多少只狗狗旅行，我只是想确认一下至少可以带个一两只。我们会在旅行结束后尽量清理干净，但不太可能恢复原样，而且也很难说这全是人为造成的。

所以交谈了几分钟之后，我尽可能地装作若无其事地问道："你们对携带宠物怎么看？"

"我们允许带宠物。"这位女士说。

"带多少只有规定吗？我们正在考虑要不要带上我们的狗狗，我们有三只。"很显然我的节操已经掉了一地。

"一点儿都没关系，只要你们归还房车的时候保持使用前的原样就行。"她说。

大功告成。就这么几句话，她就为我们做了决定。如果将来的"危险！"答案是"这群疯子把车开去了缅因州"，那么问题肯定是"旅行房车是干吗用的？"

自然，像所有其他事情一样，这个回答也没有看起来那么简单。例如，他们不会单向出租，所以我们还要从缅因州把车开回加利福尼亚，即使车里一只狗狗也没有。再加上还有各种各样的操作问题，像水啊、煤气啊、冲厕所啊之类的，再给我100万年我也不知道该如何是好。还好有艾米特和兰迪在，这些给"真男人"出的问题才得以解决。

　　我和黛比去当地挑选房车，去看看我们要用什么样大小的房车。这些房车几乎无可挑剔，在前座椅上方竟然还有一块狗狗够不着的区域，可供人睡觉。除了我和黛比，没有人一生下来就喜欢和一群狗狗睡在一起，其他人在此次旅行中看来也无须匆匆培养这一喜好。

　　有三种尺寸的房车，我们在车的内部走了个遍，看哪些区域可以给狗狗睡觉，看看我们还有哪些需求。我们最终决定租两辆大型房车，一辆中型房车。我们有25只狗，最大的房车可以装9只，看起来非常合适。事实上，这可能比住在我们家里还要舒服一点。

　　房车里有卫生间，可以淋浴，还有厨房，厨房里有冰箱、炉子和微波炉。我们完全可以自给自足，用不着依靠旅店和餐馆，这真让我们松了一口气。

　　后来我又跟巡游美国公司打了几次电话，试图说服他们让我们在缅因州或者波士顿归还房车，而不用再一路开回加利福尼亚。他们不答应，解释说房车必须归还到特定的地方，方便下一拨顾客租用。

　　但他们想出了个办法，我们可以把车归还到维吉尼亚州的马纳萨斯，这比加利福尼亚不知道要方便多少。辛迪·弗洛里斯提出她可以帮忙开一辆，因为她那时正住在弗吉尼亚州。很显然，我们还要安排一下另外两辆车。

我们已经搞定了交通工具。如果这时候约翰·特拉沃尔塔终于打来电话，我就可以告诉他咱已经不稀罕他的什么飞机了。

我们现在唯一需要的就是人手。

黄鼠狼

那时我和黛比在唐尼的 SEACCA 收容所,当时我们的救援空间十分有限,我们最多只能再收留 3 只狗狗了。黛比看中了一只小巧的狗狗,大概一岁半模样,夹杂着黑白灰三色,我们从未见过这样的狗狗。

但这并不是黛比看上它的原因。这只狗狗看上去很恐惧,这让它十分扎眼。当时它和另外 4 只狗待在一个笼子里,它在里面惊慌失措。当我们靠近笼子的时候,它缩了进去远离我们,它害怕狗,也害怕人。

我们没有立马带走它,但是这让黛比的心悬了好几天。所以她最终还是回去了,虽然知道它还没有被人领养,但却害怕它已经被处以安乐死了。

它还在那儿,呆呆的,但还活着。黛比把它救了出来。我们带它去诊所做了检查,洗了个澡。它到的时候我也在那儿,它十分讨人喜欢,我们给它起名叫爱丽。我们知道没有人会领养爱丽的。它太容易害怕了,永远不敢走近一个可能领养它的人。

于是在接下来的一个月里,我们给爱丽做工作。我们抚摸它,带它散步,让它尽可能地与人亲近起来。我们雇了一个训练师,让她把主要精力放在爱丽身上。这一切渐渐有了起色,爱丽逐渐走出了沉默与恐惧,与人亲近起来,至少和我们亲近了起来,但和其他人相处起来还是有些困难。

最终有位女士来我们这儿,她爱上了爱丽。事实上,她还爱上了另外一只名叫克拉克的狗狗。克拉克十岁了,显得比较成熟温柔,而爱丽也不是那种精力旺盛的狗狗。这位女士年纪也比较大了,当她告诉我们她想同时收养两只狗狗的时候我们还有些顾虑。但是她说服了我们,告诉我们她可以的。很显然她也是一位爱狗人士,会照顾好它们的,所以我们就由她领养了。

大约三小时后,我们接到了电话。这位住在卡尔佛城的女士带着爱丽和克拉克出去散了个步,回家之后,她放下了狗狗的皮带,没有意识到她身后的门没有关紧。

爱丽逃走了。

我在卡尔佛城里兜了三天,寻找爱丽。一想到有只狗狗孤身一人我就有些受不了,更何况是爱丽,这更让人焦心。我猜它肯定怕得要命。

我运气没那么好。但后来我接到西洛杉矶收容所的来电。

每当我们安置好一只狗狗，黛比都会在它离开兽医诊所之前给它带上我们的标记，就是怕出现这样的意外。于是这位收容所的员工——他和我们很相熟——看到了这个标记，就给我们打了电话。

我希望这是爱丽，但不一定就是它。于是我问他这只狗狗长什么样。

他笑了笑，说："我不太确定。看起来像只黄鼠狼。"我去了收容所，果然是爱丽。它身上不仅有我们的标记，还拴着那位女士的皮带。我们再次将它从收容所里救了出来。

这位女士决定不再收养爱丽，她觉得自己不能照顾好两只狗狗。这对我们来说倒没什么，因为无论如何我们也不会再把爱丽交给她了。她有克拉克就已经满足了，我们也觉得她养一只狗就够了。

黛比觉得爱丽已经吃了太多苦头，不应该重新关进笼子里，于是我们就把它带回了家。这违反了我们"只带老弱病残狗狗回家"的誓言，但即使是在那时，这个誓言也并非金科玉律。

我们觉得爱丽这个名字并不是那么适合它，所以我们给它改了名字。从那时起，它就成了"黄鼠狼"。

我带黄鼠狼回家的那天，黛比生病卧床。我把黄鼠狼放在床上陪黛比，但它很害怕，接着就尿了一床。

这可不是什么好兆头。

像所有其他的狗狗一样，黄鼠狼也找到了它自以为舒适的基地——我们的床底下。它整天整天地待在那儿，只有在进食和如厕的时候才会冒险出去那么一下。让人惊奇的是，除了那出"尿了一床"的惨剧之外，它再也没有在房间里大小便过。

几个月后，它开始逐渐信任我们。它会延长走出床底的时间，和我们或其他狗狗一起玩耍，但这就是极限了。要是我们家来了个客人，你就算拿个撬棍也没办法把它从床底下撬出来。

每次都是这样，也不管时间有多长。我父亲从佛罗里达州来看望我们，住了一周。他好几年都没来看过我们了，所以他从未近距离地看到我是怎样一个疯狂的狗狗爱好者。他不能相信我家竟然是这副样子。他没有看到所有的狗狗，因为他一次也没见到过黄鼠狼。那时黄鼠狼已经和我们在一起生活了两年了，但只要来一个陌生人，它还是会躲进床底下。

当客人离去，它才会走出我们的房子，展示它各种古怪的本事。它会爬树，我发誓这是真的。它会带东西回来，放在客厅的地板上。有一天它带了一只泄了气的足球回来，还有一天它带了一只死蜥蜴回来。

我还是更喜欢足球一点。

黄鼠狼在我们圣莫尼卡的家里生活了五年，当我们要带着

37只狗狗搬到奥兰治县的时候，搬运公司的人一来，它就急得立马钻进了床底。当他们拿掉了床垫，移走了床架，暴露了它的时候，它脸上的表情我这辈子都不会忘记。

我们离开了奥兰治县，来到了缅因州，那是十一年后的事了，黄鼠狼是那37只狗狗中唯一一只依然活着的狗狗。当时我和黛比十分希望黄鼠狼能活着和我们一起去缅因州，它也做到了。

我们到达缅因州后的第四个月，黄鼠狼去世了。它活到了十七岁的高龄。我觉得它能努力活到这个岁数，是因为它知道我们有多么不舍得它。

和任何一只狗狗说再见都是痛苦的，和黄鼠狼说再见更是如此。它是唯一一只和我们共度了那么多年的狗狗。几乎从我们刚开始做救援工作到我们完成旅途到达缅因州，它就一直陪在我们身边。

我确切地知道，在黄鼠狼生命的十七年中，有十六年是被我们宠爱着的。然而在它的心里，这十六年的宠爱依然无法弥补那一年的不安和惊惧。但是它还是信任了我们，完完全全地信任我们，这是它所能给我们的最好的礼物。

黄鼠狼是一只值得珍视的狗狗。

路易斯

帕萨迪纳动物收容所联系了我。和其他位于加利福尼亚南部的收容所一样,这是一家不错的收容所。他们有两只金毛,后来我们给它们取名叫路易斯和格斯。它们俩是一起迷路才来到收容所。他们大概是把它们安置在同一户人家了,之后却被领养者退了回来。

这家收容所需要我们的帮助让我觉得很惊奇,因为他们的宠物收养率非常高。以前他们只给我打过一次电话求助,要我帮忙救助一只名叫约吉的十二岁金毛猎犬,这只狗狗患有癫痫。

我刚到那儿,就知道了他们给我打电话的原因。两只狗狗都很漂亮,路易斯三岁大,而格斯却十一岁了。更重要的是,格斯患有严重的分离焦虑症。有领养者在帕萨迪纳领养了它们俩,当领养者把它们单独留在房间里时,格斯便破窗而出。它脸上的伤痕证明了这个故事的真实性。

我们把它们接回了家,在我们家,什么分离焦虑症都不会有，因为所有其他的狗狗都在那儿，根本就没有"分离"可言。两只狗狗都很出色，能拥有它们是我们的福气。

它们俩和我们一起待了两天，收容所的一位女士就告诉我们，他们犯了个错误，实际上收容所的主管想要领养路易斯做他的宠物。她告诉我们，好消息是我们可以留下格斯。换句话讲，在一般情况下，他们是不会把路易斯和格斯分开的，但要是主管开口想要路易斯，那么他们可以为此破例。

我简单地想象了一下，要是我同意把路易斯送回去的话，黛比会是什么反应。我的想象也许太过生动形象了，但是毫不夸张地讲，我要是答应了，我就会被黛比立马扔出家门，只能去住收容所了。事实上我聪明得很，即便没有黛比逼着我，我也会自己想办法解决这个问题的。我清楚地告诉这位女士我的想法，并让她转告主管。

路易斯留在了我们家。

这是我做过的最酷的一件事了。黛比认为路易斯是塔拉的直系血亲，这是我能想到的对路易斯最好的评价。相信我，再没有比这更高的评价了。

它各个方面都很完美，甚至从来都不吠叫。

一次也没有。从来不会。

要是狗狗都像路易斯该多好啊！

萨莉和杰克

每当新闻里播出有关虐待动物的故事,我和黛比就会不约而同地冲过去关掉电视机。这样的做法一点也不成熟,但每当看到动物身处困境而我们却无能为力的时候,我们就会特别心烦。

前几年加利福尼亚南部就报道过这样一件事,十分残忍。一位住在莫哈韦沙漠的女士在家里养了250只动物,90%都是狗狗。这些动物无人照顾,营养不良,挤在一个肮脏不堪的地方。这位女士被逮捕,被判以多项重罪。从那以后,搜救队伍就获得允许,可以参与到这样的事件中去。

去的搜救队很多,其中一个搜救队的一名成员给我打了电话。她告诉我那儿有两只纯种的金毛,问我要不要。很显然我同意了。我开车前往洛杉矶去见这位女士和这两只狗狗,她刚从现场将它们解救出来。

它们俩确实和金毛猎犬长得很像,虽然它们的皮毛的"含金量"不是很高。萨莉身材小巧,皮毛较短,是只牧羊犬混血。

至于杰克,我的最佳猜测是它有牧羊犬和布列塔尼猎犬的血统。

萨莉的脸上有几道永久的疤痕,很可能是因为要争夺少得可怜的食物,它的耳部也有血肿,急需手术。杰克十分瘦弱——它的性格那样温和,可能从来也不会去跟别人抢东西吃。

两只狗狗都可爱得无法用语言来形容,它们比我们的其他任何狗狗还要喜欢抚摸。在我们缅因州的家中,卧室里有一只贵妃椅,萨莉已将它占为己有了。而杰克则选择了我办公室的椅子,每当我走过它身旁,它总会稍稍低下脑袋,做出一个"迎接抚摸"的动作。

我希望莫哈韦沙漠事件中的其他狗狗也能像这两只狗狗一样生活着。

这就是动物搜救的意义所在。

走到一起来

我们总共有六名成员：黛比、我、辛迪·弗洛勒斯、玛丽·琳恩·邓达斯、艾米特·路德，还有兰迪·米勒。在这些人之中，玛丽·琳恩表示让她驾驶这么大的车会觉得不舒服。这我能理解，我也不指望我自己来驾驶。

但这意味着我们只有五名驾驶员。我们需要司机，除非旺达和其他几只金毛犬会轮流替我们驾驶。

接着，我们就要着手找人了。

我以前在一家名叫"为神秘小说而死"的书店做过签售，这家书店位于加利福尼亚的千橡市。这家书店很棒，但不幸的是，它最近惨烈地倒闭了，作为全国范围内遭遇销售量下降的独立书店之一。

特丽·尼格罗女士多次来为我的签售捧场，她给我发了封邮件，说她很喜欢听我的发言，也很喜欢我写的书。但是只要她在场，她就不得不听我无休无止地谈论怎样才能进行我的旅行，并可怜兮兮地向大家征求意见。

　　她写信告诉我，无论我们选择了怎样的方式，她和她丈夫乔都愿意加入我们。我不记得我在签售时见过她，也不确定她到底是谁。因为我和她只通过邮件来"交谈"，那么我永远也无法排除她和她丈夫是挥着斧子的杀人犯这种可能性。

　　当然，在我眼中，杀人犯并不能成为不合格的理由。我们迫切需要志愿者的帮助，只要杀人犯们愿意放下屠刀，我们定会张开"双爪"欢迎他们。

　　特丽告诉我，她是做文字处理工作的，同时为一家非盈利的卫星电视广告做代理商。更重要的是，她说乔是专为餐馆提供家具维修业务的。也就是说乔似乎可以成为艾米特和兰迪的"真男人"队伍中的优秀成员。我们有三辆房车，每辆车都可以配备一名"真男人"啦。

　　于是特丽和乔加入了我们。他们还提出要在最后帮我们把车开回弗吉尼亚州。我万分高兴，但同时也有些警惕。真有人会这么好吗？

　　特丽与乔加入以后，我们就有八个人了。八个人中有七个人可以开车，但还是有点不够。我们肯定还需要更多的人手，但我不知道上哪儿去找。疯子可不是到处都有的。

　　就在两天之后，黛比和她的一位朋友讲起我们的情况。她叫辛迪·斯博德克·迪基,家住西雅图。受邀来到我们在奥兰治的家赴宴的人少之又少,她就是其中之一。这已经是几年前的事儿了。那一夜给她烙上了爱狗人士的印记,而且还证实了她的胆子超级大。

每当有人来我们家,我们都会叫他们在狗狗冷静下来之前,不要抚摸狗狗,甚至向狗狗点头微笑都不可以。最好无视它们,虽然在这群狗狗的围攻之下,无视它们非常困难。但抚摸它们只会让它们更兴奋,更激动,叫声也会变得更大。如果我们允许他们抚摸的话。

辛迪完全无视我们的指示,刚进门就张开双手疯狂抚摸我们的狗狗,她甚至还蹲下来抚摸它们。

接下来的场面很凶残。有一瞬间我甚至都看不见她了,她完完全全淹没在了群犬乱舞之中。当她毫发无损地、大笑着站起来的时候,我还在想应该怎样向警察解释这场灾难呢。

这个女人不一般。

很显然,自那晚以后,辛迪还是一如既往地疯狂。当黛比告知她我们的这次旅行时,我在隔壁房间都能听到她在话筒里尖叫。她绝对要加入我们,并对之前黛比没有问她表示不满。她发誓不管我们什么时候出发,用什么样的方式旅行,她都要成为我们中的一员。

这样就有九个人了。

埃里克·克莱德是我的网站设计师，做这份工作真是让人极其不满意。因为我几乎从未重视过网站，给他提供的信息也少得可怜。他工作很尽职，要是我能再用点心，他一定能做得更好。

当我请求埃里克帮忙在网上寻求如何去缅因州的建议时，他立马意识到我们需要开车去，于是他就成了我们的志愿者。

事实上，虽然我并没有怎么拒绝他，但他的态度十分坚决。他跟我说他经常长时间开车，而且很喜欢这样，尤其喜欢在夜晚驾驶。这使得他成为我们的最佳人选，因为我尤其喜欢在夜晚睡觉。他还提出要开第三辆房车回弗吉尼亚州，这真是最好不过了，免得我伤脑筋。

埃里克加入我们的另一个好处就是（虽然我们不强求这样的好处）他是个很幽默的人，他本身就是个出色的作家。他的到来、他说的话会为我们的旅行增添乐趣。在我看来，这的确是一次需要增添乐趣的旅行。

埃里克想带他的儿子尼克一起来。尼克二十来岁，太年轻了，不能开车，因为租赁公司要求我们的驾驶员必须年满二十五岁才行。但他可以在别的地方帮助我们，我们有许许多多"别的地方"需要帮忙。

我猜这大概是拉近父子关系的一个机会吧，我觉得挺好的。我只是希望要是埃里克能多生几个孩子就好了。

队伍看起来很完整了。辛迪·弗洛勒斯指出我们中途还需要停留的地方，主要是因为要遛狗，所以我们需要勘察一下。你总不能停在高速公路旁边，然后把25只狗狗放下来吧。我们需要一块围起来的区域，就像狗狗公园一样。显然，我们并不想在遛狗的时候遇到当地的狗狗然后引起混乱，所以很显然我们需要做出计划。

辛迪在地图上标出了我们的路线，并联系沿途当地的搜救小组。我们希望他们可以在我们停下来的时候前来帮忙，帮助我们找到合适的地方，也帮助我们遛狗。我们甚至愿意让他们利用我们来做广告，或许可以用来筹集资金。也许他们可以向前来观赏我们这群疯子的观众收取费用，比如一人五块。

辛迪的工作取得了一些进展。但我还是很担心。我对什么都很担心。而且在这件事上，我的担心并不是多余的。

我们真的不知道还要多久才能到达，原因有很多。什么事都有可能发生，可能某只狗狗生病了需要兽医护理，可能发生交通堵塞，可能我们的轮胎爆了，等等。

也许人们在等我们，而我们无法及时到达。或者，我们也许会比预期更早到达。我们不想偷工减料，或者为了赶时间而睡眠不足，仅仅因为在某个时间点有人在等待我们。我们也显然不愿意因为早到了某个城镇，就在那儿逗留不前。这次旅行越早结束越好。

辛迪表示同意。她说她可以让她女儿和一个朋友来帮忙开几个小时的车。他们可以规划行程，告诉我们在哪儿停车。

这看起来是个绝佳的主意，但后来出了点状况，她女儿有事来不了了。

于是我想出了一个了不起的主意——在这次旅行中第一个也是最后一个了不起的主意。

我们要建造一个属于我们的狗狗公园。

穿靴子的狗

圣莫妮卡收容所很少与我们联系。这地方虽小,但收养率高得出奇。他们几乎从不需要救援队的帮助。

特拉珀来了。它很漂亮,两岁大,是一只黄色的拉布拉多犬。它被带到收容所的时候身受重伤,据说是被车撞的。

它的腿部受伤严重,收容所的兽医凭这个伤口认定车祸一说实属编造。他毫不怀疑真相是什么:特拉珀掉入了捕狼的陷阱,就是那种在圣莫妮卡山林中的陷阱。

伤口清晰,绕腿一圈,骨头清晰可见。另外,就在伤口上部有几个牙印,似乎这只可怜的家伙试图把自己的腿咬断,好逃脱这个陷阱。这真可怕,这个伤口到底能不能愈合,兽医也说不准。

我们带走了特拉珀。虽然动了手术,我们的兽医也不能肯定它的腿会恢复。

如果我给中心打电话想找完美的狗狗领养者,他们一定会给我介绍布鲁斯和凯丽·格林,这是一对居住在帕萨迪纳市的夫妻。有一天他们来了,想要一只黄色的拉布拉多。那时候,我们觉得特拉珀的状况还不能够被人收养,但是和他们聊了一会儿后,我觉得应该让他们瞧瞧特拉珀。

看一眼特拉珀你就会爱上它。布鲁斯和凯丽自然也逃不过特拉珀的魅力。但他们要求给些时间考虑一下,因为带特拉珀回家将是一项大工程。受伤的特拉珀需要不间断的苛刻的照料。

第二天他们打电话来说他们要收养它,虽然我跟他们说三周后特拉珀才会准备好。我们的兽医对特拉珀的恢复进程不是很满意,他极想要拯救它的腿,正想要尝试一种以前从未使用过的植皮技术。

手术很成功,但是伤口最终愈合会耗费很长时间。布鲁斯和凯丽很理解,当他们把特拉珀接回家后,他们十分体贴小心地照料它。特拉珀的伤口经常流血,虽然兽医说这是好现象,因为"只有健康的细胞才会流血"。

转机出现了,凯丽在一家宠物店里发现了一种塑料靴子,穿在特拉珀的腿上,前面有绳子系着不会掉。这只靴子可以帮助特拉珀的伤口愈合,它一共穿了三个月。

现在布鲁斯和凯丽称特拉珀是他们生命中最大的快乐之一。事实上,收养特拉珀的经历促使他们收养、帮助了许多其他有特殊需求的狗狗。特拉珀的靴子悬挂在他们家壁炉上面。

狗狗救援是一项十分劳神伤身的"爱好",但每当我们觉得濒临绝境的时候,像布鲁斯和凯丽·格林这样的人就会出现,与我们并肩作战。

我希望这样的人能多一点。

"巨臭"是有多臭?

我们住在圣莫妮卡的一个非常棒的小区,位于蒙大拿和圣维森特大街之间的第十街道。它离蒙大拿的商店和餐厅相距都不远,走路很快就能到第三大街的步行街,还有海滩。

总而言之,这个地方非常适合居住。

除非你住在我家附近。

居民区占地很少,后院也不大,房子之间的间距不到15英尺。所以,隔着15英尺,三四十只狗……你自己看吧。

我们的狗狗都是不会在自家大小便的,这本身是很了不起的。我们极少知道我们救援的狗狗的过去是怎样的,但必定有很多曾经是"户外狗"。平均率告诉我们事情一定是这样的,但我们也有经验之谈。很多时候,狗狗的肘部会起很大的茧子,这意味着它们的确曾长时间躺在室外坚硬粗糙的水泥地上。

如果一只狗狗是住在户外的,就没有理由,也没有机会接受不在室内大小便的训练。但这些狗狗一旦来到我们家,就会出现一个很有意思的现象。其他狗狗会教它们去外面大小便。在如厕时间，新来的狗狗就会跟着大部队走。我也不能解释这种现象。

但是所有的狗狗都要在这个大约1000平方英尺的后院里大小便就成问题了。很显然我们需要经常清理，这项工作我和黛比都不喜欢，但我们仍然十分虔诚地做着。不幸的是，小便用一把铲子是弄不掉的。

于是后院便充满了尿味。

我们的邻居怨声载道。

为了解决这个问题，我们尝试了很多方法。我们在院子里种草，但是狗尿很快就灭了这些草。于是我们再次种上，换上更好的草皮，但是狗尿又把这些草给消灭了。

如果你玩过一个名叫"狗尿、剪子、草"的游戏，那么很显然狗尿可以打败草。

然后，我也不知道怎么搞的，我想出一个聪明透顶的办法：用沙子铺满整个后院。我们这样做了。我们用卡车运来沙子，然后把后院变成了沙滩。这就像是个狗版《海岸救生队》。看一只失明的圣伯纳德犬在海滩上戏耍绝对会使你大开眼界。

事实证明这是个蠢到家的主意。狗狗们不喜欢，可能是因为沙子太烫了，它们踩在上面不舒服。于是它们就回到屋子里大小便，在几天时间里，我们的毯子和地板就全给毁了。

这根本就没能消除尿味。还差得远呢。

黛比对我这个主意略有微词，于是我就把问题抛给了她，让她想个办法。她想了个办法……硼砂。我们把沙子弄走，然后撒上了硼砂。靠近我们邻居一侧的院子里都撒上了。那时候是7月，我们的后院整个看起来是个冬日仙境，似乎白雪覆盖了一切。

不到24小时，1/4的白雪就变黄了——狗狗们"开工"了。黄色的部分每天都会扩大，所以我们会撒上更多的硼砂来掩盖。后来硼砂变得越来越厚，厚得连狗狗在上面走路都很困难。但它们多聪明啊，即使这样了还是有法子在上面尿尿。

而且尿味依旧不减当初。所以我们决定弄走硼砂。不幸的是，想要挪走这堆及膝的硼砂并不是件简单的事。圣莫妮卡并没有挪走硼砂的搬运车，这地方连个雪铲都没处找。

但我们还是清走了硼砂，以便我们进行下一个烂主意。我们买来了一种有香味的除臭剂，然后每天在院子里撒上至少五次。人们开车经过的时候，都会被这浓浓的恶臭熏到，捂住口鼻。这味道像是用一大桶棉花糖把你给活埋了。不出所料，我们的邻居告诉我们，这味道比之前的还要臭，臭得多了。

我们已经想不出什么办法了。基于我们之前想到的办法，想不出办法也不见得是件坏事。于是，在绝望之中，我们建起了两条平行的链条篱笆，从后门一直通到院子的后面。

这就形成了一个大约 6 英尺宽的走廊供狗狗们使用，变成一个像保龄球槽一样的厕所。这有个好处，那就是缩小了尿味来源的范围，而且这个地方也离邻居家更远一点。看上去好像成功了，至少我们的邻居觉得这样不错。

这是快节奏生活的又一个例子。

由于我们的"开门"政策，苍蝇变得尤其烦人。黛比想了个法子。她买了一个名叫"巨臭"的产品，悬挂在开着的门附近。"巨臭"里面有一包什么溶液，这味道就算再加 1/4 磅的生鱼也不会更臭了。

很显然苍蝇不会再来了，苍蝇才不是傻蛋。它们怎么可能想靠近这坨世界上最臭的东西呢？

我们只用了"巨臭"一天。我们都没想看看它是不是真的能防止苍蝇。凭良心说话，从来没有一款产品的名字能起得这样恰如其分。

人们经常问，我们是如何保持室内清洁的。当然我不想诡辩，但他们提问的前提是我们的室内是清洁的。我们的室内并不清洁，我们最多也就是在努力降低肮脏程度。

狗毛是最大的问题。到处都是狗毛。我最近把一台激光打印机拿去修理，当那哥们儿打开后盖的时候，里面的狗毛已经多得可以做一件外套了。

如果你觉得狗狗会在天气变热时脱毛，这样夏天就会更舒服一点，那么你就错了。真相是这样的：它们一年365天都在脱毛，一天24小时都在脱毛。我真不知道这些毛是哪儿来的，也许美容师用了生发液，否则现在它们肯定已经整个儿秃了。

所以我们全力以赴：我们以惊人的速度换掉一个又一个吸尘器。在加利福尼亚我们的车库里，六个用坏的吸尘器并排靠在墙上，看上去很像是吸尘器版的火箭女郎舞蹈团。我们每周会对狗狗进行两到三次的彻底刷洗，希望可以减少脱毛。

当然，脱毛并不是唯一的问题。某些"事故"会以极高的频率发生，而所有这些"事故"最后都会留下污迹。世上大概有400万种清理狗狗污迹的产品，但是相信我，没有一样会像广告里说得那样奏效。也许仅仅是因为我们家污迹太多了。

有一天，我和黛比躺在床上看电视。电视里在放一个狗狗清理产品的广告，一个女人正在打扫卫生，因为她的拳师犬把家里弄得一塌糊涂。广告的最后她夸奖了这个产品，举着它，对着镜头，露出了灿烂的笑容，说："我是真的需要它。我有6只拳师犬。"

然后镜头切换到她脚下的狗狗。暗示很明显：这个女人古怪得惹人发笑，竟然养了6只狗。

当然，镜头并没有切换到躺在床上的我和黛比，此时我们正和7只狗狗一起躺在床上看电视，再加上在卧室里但没有躺在床上的狗狗，一共是21只。

如果广告里的那位女士是个疯子，那我们是什么？

超级无敌大疯子。

哈利和黛娜

南希·萨尔诺夫是完美宠物救援队的成员,就是那位引领我们进行狗狗救援的朋友。她会定期与我们联系,告诉我们一些她在收容所里遇见的、但自己无法领养的狗狗。她特别喜欢小型犬,但当她喜欢上一只大型犬的时候,她马上就会给我们打电话。

哈利和黛娜是两只金毛猎犬,是南希在唐尼动物收容所见到的。两只狗的毛发都十分脏乱,再加上九岁的高龄,几乎没有被人收养的可能性。

不出所料,两只狗狗都很快就融入了我们这个大家庭。哈利十分友善随和,但黛娜就稍稍有点不合群。它不喜欢和其他狗狗挤在一块儿,不喜欢和大家挤在一块儿在我们家可不太好。但它适应了,没有反抗,也没出现严重的分歧。

人们经常问我是否能记得所有狗狗的名字。

我不仅能叫得出所有狗狗的名字,而且我很快就能辨认出来。我是通过不同房间来辨认的，因为每只狗都有属于自己的一块地方。

哈利选择了我的桌子下面，在奥兰治县时是这样，在缅因州时也是这样。然而黛娜却喜欢客厅，喜欢在壁炉边的某个狗窝。在搬去缅因州的前两个月，黛娜被诊断出患了某种癌症，治不好了。兽医认为它可以再正常地活六个月。不幸被他言中了。黛娜在我们搬去缅因州后的第四个月去世了。但它还是成功地和我们一起搬家了，我们会想它的。

哈利身体不错，我在写这东西的时候它正在我桌子底下。

我讨厌家得宝

我讨厌家得宝,就像我讨厌蛇;我讨厌家得宝,比达拉斯牛仔队和纽约洋基队更甚;我讨厌家得宝,比西兰花和甜菜更甚;我讨厌家得宝,就像我讨厌O.J.辛普森。

家得宝的店堂太大了,大过了头,让人望而却步,而且让我觉得自己很愚蠢。每次我在里面购物,服务员都会为我带路,把我带到某个货架,甚至指明货架上的位置,但我依然不知道我眼前到底是些什么玩意儿。

另外,虽然家得宝的员工数目庞大,但每次我去的时候总是缺那么一个。每一个助人为乐的员工都已经在与一名顾客说话了,每一名顾客都有一名助人为乐的员工在跟他说话,所以我不得不"停泊"在他们对话的外围,等待他们谈话结束。

当然,我完全不知道他们什么时候才会结束对话,因为我对他们的对话完全摸不着头脑。我能辨别出一些单独的词汇,比如"铆钉",比如"堵缝",比如"电压",但当这些词汇出现在家得宝的环境之中，我就完全无法理解他们的意思了。那感觉就好像到了国外一样，但这里却没有物美价廉的假冒货。

我有没有说过我讨厌这个地方？

然而，为了准备这次旅行，为了使我的好主意开花结果，我不得不去一趟家得宝。我询问筑栅栏的材料要去哪一块找，然后就被指引到了一个大约离我12英里远的区域。从这个区域的这一头走到另一头让我有一种身在大型交通工具里的错觉。我似乎永远也不会走到那里。

最后我终于到达，却惊讶地发现一名员工正穿过这个区域，他停下来，对我微笑，问我需不需要帮忙。

我不知道我应该跟他说话呢，还是应该和他拥抱。

每次我在家得宝，说话都是用这些字眼起头的："虽然我不知道我在说些什么，但是……"即便我是在询问卫生间在哪儿，我也一定要用这种句式。在家得宝这个环境中，我怎么也想不到，即使我不这样说，里面的销售员也会意识到我并不知道自己在说些什么。我拥有无知的本性，还自得其乐。

我告诉这个人我们要带着25只狗做一次跨越全国的旅行，然后顿了顿，给他惊讶和大笑的时间，然后告诉他我想干什么。"我想要一些筑栅栏的材料，就是可以在几分钟内随搭随拆的，而且要比较结实的，狗狗不能随随便便就能跑出去的那种。我们想搭一个迷你的狗狗公园，人到哪儿就搭到哪儿。"

"没问题。"他说。好像他天天都会遇到这样的要求一样。他把我带到了一个地方，这里有那种可以卷起来的塑料栅栏，并建议我购买200英尺。他还给我介绍篱笆桩子，可以随我们的需求排列在栅栏中间，而且可以很容易就固定在地上。

"这真行得通？"我问他，因为我对于自己的想法能行得通这一点很不习惯。

他耸耸肩。"我不知道为什么会行不通。有人在旁边站着，不让狗狗撞坏栅栏吗？"

我点点头，"我们有十一个人。"

他看上起很惊讶，"你的朋友吗？"

"目前是的。至少在到犹他州前是这样。"

为了减少我把事情搞砸的几率，我请他给我演示一下应该怎样才能搭起这个栅栏，尤其是怎样才能把桩子打在地上。当然他尽量让这个看起来简单易行。

"你看起来是那种会喜欢这种旅行的人。"我说。

他笑了，"不可能。"

"你确定？这是一个见世面的好机会，和野生动物相处，还可以交到新朋友……"

我没能说服他，于是我对他表示了谢意，然后把栅栏材料装进了车，便离开了。我感觉自己好像完成了一项体力劳动，这对我来并不是常有的事。或许回家以后我可以在我们家房子上再造间屋子什么的。

不开玩笑了，我们真的马上就要准备好了。我们的交通工具准备好了，人也凑齐了，随时待命，而且我们也部署好了这样一个计划。

辛迪·弗洛勒斯不断地对我们的下一步做出评估，并为此做风险评估，哪里可能出问题，如果出问题该怎样处理。这是她发送给我的一张表，当你在阅读这张表的时候，请记住这是一个与我素未谋面的人发来的。

现在你知道为什么我会称她为我们此行的"至尊女王殿下"了吧？

序号	风险项	风险描述	风险后果	发生的可能性（高/中/低）	影响程度（高/中/低）	整体风险
1	导致行程耽误的外部因素	天气、房车租赁问题、为了加油和遛狗而停留、道路状况、交通状况会导致一辆或更多的房车耽误行程	耽搁了路线行程，可能是几个小时	高	中	中
2	导致行程耽误的内部因素	人或狗生病；出意外；人为错误；汽车或房车出现机械或非机械故障；狗狗在半路逃脱，突然冲出或躲起来	耽搁了路线行程，可能是几个小时，最差的情况可能会以天计，或者需要把一些人甩在后面	中	高	中

序号	风险项	风险描述	风险后果	发生的可能性（高/中/低）	影响程度（高/中/低）	整体风险
3	一辆旅行房车出故障；狗狗的空间不够	交通工具（房车）出故障，无法修好，或者第一天就没有算好房车里人和狗的数量（人会被狗绊倒，狗被炉子里的食物溅到）	导致风险项2的意外	低	高	中
4	驾驶员休息不足	一辆房车里载有十只狗和两个人，两人轮流开车，且在非正常的时间里睡觉，会休息不足	导致风险项2的意外，造成对所有人都不安全的情况	高	高	高

序号	风险项	风险描述	风险后果	发生的可能性（高/中/低）	影响程度（高/中/低）	整体风险
5	有过房车驾驶经验的人太少，不能一下子从头开到尾	很多人在没有驾驶房车以前是不会"发现"他们并不适合驾驶房车的	导致风险项2的意外	中	中	中
6	旅行结束后房车太脏了	用塑料膜不是很好，因为有可能挡住车厢三天以上的盖子。如果天下雨，就会到处都是湿的狗毛	归还房车的时候需要支付额外费用，或者付钱清洗房车，或者自己清洗，交付一笔滞后归还的费用	高	低	中

疯狂的斯凯和丛林狼

不管我们住在哪里,我们都会筑起高高的结实的栅栏,不让狗狗逃出去。狗狗99%的时间都是待在房子里的,但如果它们看见栅栏外面有其他动物,它们就可能想要去追。我们必须保证它们不能得逞。

我们在西尔维拉多的家里有块面积很大的地,用栅栏围了起来。狗狗可以随心所欲地在里面漫步。边上有个有栅门的水泥车道,狗狗出不去。

我们在那儿住了十年,没出过什么事儿,只有一只狗从那里逃了出去。这件事我一会儿再说。

有一天我接到一个电话,是一位名叫洛里·安布拉斯特的女士打来的。她是奥兰治县的一名敬业的救援人员。她的丈夫克里斯和黛比一起在塔可钟工作。我们偶尔会把她的狗狗接到我们家住,很显然她养的狗狗是他们救援小组没有找到领养者的狗狗。

她打我电话是为了一只特殊的狗狗。它的名字叫斯凯，是一只很出色的牧羊犬，白色，三岁大，是我见过的最漂亮的狗狗之一。

斯凯有一段坎坷的历史。它以前的主人家住在一个小区里，而它有点精神病，一旦有陌生人靠近他们家，它就会变得十分疯狂。有一次它出了门，狂躁地朝着街对面的一帮人冲了过去，咬了一个小女孩。

这并没有造成什么太大的伤害，但小女孩被吓得不轻，他们的邻居也觉得斯凯是小区里的危险分子。于是他们要求斯凯的主人把它处以安乐死，但是它的主人不愿意这么做，因为他们很爱它。所以他们把斯凯交给了洛里负责的那个救援小组，希望他们可以把斯凯安置在一个好人家，安置在一个人们还没有被它吓坏的小区里。

但他们的邻居还不满意。他们派了其中一个人到救援小组，假装要收养斯凯。他们的计划是先收养它，然后再将它处以安乐死。幸运的是，救援小组不知怎的识破了他们的诡计，没有把斯凯交给他们。但是他们觉得把斯凯安置在一个普通的家庭也不太合适。

这就是为什么洛里来找我们，因为我们家绝对是"普通"的反义词。

我到了斯凯现在正住着的地方，和洛里会面。我听她和另一个女士长篇大论地讨论斯凯脆弱的精神状况，它难以捉摸的性情，还有它严重的分离焦虑症，必须要小心翼翼地对待它才行。

我跟他们解释，在我们家，根本就不会有什么分离焦虑症。当我们离开的时候，狗狗周围全部都是狗狗朋友。有的狗狗在我们收养它们之前，曾经因为主人离家就破门或破窗而出，但在我们家却没有这样的问题。在我们家，只有人才会变疯，狗狗会觉得这里舒适又温馨。

斯凯马上就融入了。它来到了它的新家，马上就成为一只完美的狗狗，又温柔又放松。它和其他的狗狗相处融洽，我们离开的时候，它就躺在沙发上玩耍。两个小时后我们回家，它还是躺在沙发上，躺在属于它的座位上。

这并不是什么不寻常的事。狗狗在我们家的表现就是和在别处不一样。有很多驯狗师多次告诫我们这样做永远不会起作用。他们预言会出现各种打架，各种我们不能处理的状况。

但从未出现过那样的状况。我也不确定这是为什么。可能是因为被救援的狗狗某种程度上怀着一颗感恩的心。也许它们知道与过去生活的地方相比，和我们生活在一起是幸福的了。我只能说这些可怕的预言根本就没有成真的可能。

不幸的是，斯凯只有一个特点没有改变，那就是当有生人靠近的时候，它还是会狂躁地吠叫，它对着园丁吠叫，对着快递公司的司机吠叫，对任何一个将要踏入它的领土的陌生人吠叫。如果那个园丁或其他什么人要在那儿待两个小时，那么斯凯就会吠叫两个小时。

奇怪的是，当斯凯出门在外时，看见陌生人的它就会变成一只温柔的猫咪。有两次凯斯咬断了它的前十字韧带，两次我们都把它放在兽医诊所以便伤口愈合，因为它不能多动。兽医诊所里的人都很喜欢它，觉得它是只温柔无害的小动物。

斯凯从来不咬人，虽然实际上我们也从未给它咬人的机会。但它绝对会吓到别人。一天晚上，临近半夜的时候，我在办公室写作，听到一阵奇怪的声音，似乎是从车道上传来的。车道有栅门，所以我们的狗狗或者外面的其他动物不可能进入车道。我走出去侦查情况。

读过我写的安迪·卡朋特系列书籍的人都知道，安迪就是另一个我，是个行动上的懦夫。但比起现实中的我，安迪绝对是战斗英雄大卫·克罗科特级别的。

所以我走到了车道上，当时只有月光，带着些许恐怖色彩。我听到的声音离我越来越近，使我心惊胆战。似乎在车道尽头有一场战斗，有尖声吠叫传来。

我朝那个方向望去，向我走来的是斯凯。我真不知道它是怎么来到这儿的,但我当时并没有想这一点。

我的注意力全部集中在斯凯口中的东西上。

一只死掉的丛林狼。

这只狼大概有35磅,所以我估计这是一只比较年轻的丛林狼。斯凯竟能这样搬动它,这真是了不起,但我并没有花多少时间来思考它搬运丛林狼的英勇行为。

与此相反,我大声尖叫道:"斯凯!斯凯!斯凯!"在类似这样的紧张场合中我真的非常能说会道。我又叫了几声,但斯凯依然这样走近我,嘴里衔着它的战利品。最后,谢天谢地,它终于把这只丛林狼给放了下来,伴随着"砰——"的一声,令人作呕。这东西就这样躺在地上,一动不动。就这样躺在我们卧室窗户的外面。

斯凯慢悠悠地晃到了我的眼前,它的脸上浮现出一抹微笑,对它的成就表示骄傲。我把它带进了屋子,好让它向它的伙伴们吹吹牛。所有的狗狗都用吠叫来表达它们对此次暴乱的态度。此时黛比正在睡觉,我把她叫醒,让她看看窗外。我不知道我想干吗,也许我只是想让黛比分担一点我的痛苦。

无论如何,黛比看了一眼,然后问了几个很中肯的问题,比如说"一只死掉的丛林狼怎么会出现在车道上?",接着就倒头睡去。

对我来说，我无法选择睡觉，也无法选择在黑暗中把这只狼从车道上挪走，我大概只能选择自杀了，这是唯一一个我能够想出的可行办法。

所以整个晚上我都在办公室度过，不停地浏览网页，但是谷歌根本搜不到"如何不用手去碰就能把一只死掉的丛林狼从车道上搬走？"的答案。

在这个夜晚我做的另外一件事就是害怕黎明到来。虽然天亮是不可避免的——天总会亮的——我必须把这只该死的狼从车道上弄走。它很可能因为尸僵已经变得很僵硬了，使得这项工作更加恶心了。

同时我也很生气。这难道不该是一家之主的男人做的事情吗？他为什么不去做这件事？我想让这个虚拟的男人来将我救出困境，因为一个由我来当家做主的家庭，恐怕现在还没有被发明出来呢。

六点钟的时候我不能再假装天还没有亮了。我带了一块很大的浴巾，然后朝着车道走去。当我走到印象中这只狼的位置不到50英尺的时候，我就侧过了身，扭过了头，一步一步挪了过去。

我的打算是这样的，把浴巾扔上去，不要看见它。然后，不管我采取什么办法把它从车道上弄走，至少我不用看着这只死掉的动物。

我承认这并不是什么完美的打算,但这本应该是成功的,要是那只丛林狼还在那儿的话。当我离得够近的时候,我可以从眼角瞟到,我即将把一条毛巾扔在空无一物的车道上。

这真是好坏参半。好的一面是我不需要去做这件可怕的事情了,坏的一面是我可能会困在围着栅栏的车道里,独自面对一只受了伤的、很可能惹毛了的丛林狼……那种你不能跟它讲道理的丛林狼。

黛比觉得躲在卧室里很安全,隔着窗建议我去我们的汽车底下看看,当时汽车正停在车道上。这似乎很合理,于是我尽量离车远一些,然后蹲在地上,斜斜地朝下面张望。

没有丛林狼。

到现在我都不知道这只丛林狼和斯凯是怎样来到车道上的,还有这只丛林狼是怎样逃出去的。有人后来告诉我,丛林狼在遇到危险的时候是会装死的。如果这是真的话,那么我们的车道上就曾出现过丛林狼中的罗伯特·德·尼罗[1]。

我只能说,在接下来的六个月里,我都是跑着去开车,停了车也是跑着回家的。

---

[1] 罗伯特·德·尼罗(Robert De Niro),美国著名电影演员和制片人,是公认的演技派,被称为"戏王之王"。——编者注

DOGTRIPPING

遛狗

住在圣莫妮卡时，我们最喜欢的习惯之一就是每天早晨去遛狗。当然我比较喜欢黛比和我各自牵一只狗狗然后随意地漫步，但是黛比比较喜欢每人遛4只狗，4只狗力气太大了，大部分时间我都在喊"驾！"。当我们每人牵着4只狗的时候，通常我会牵力气比较小、年纪比较大的4只。而黛比似乎可以指挥一支军队。

我们最后达成了妥协。在我们计划遛狗途中去星巴克喝杯咖啡、吃个百吉圈的日子里，我们每人遛2只狗，这样我们就可以舒舒服服地和它们一起坐在外面了。当我们不准备中途停留时，我们就会每人遛4只狗。

当我们每人遛4只狗时，我们的回头率有点高，不仅仅因为我看上去要死要活想要坚持住，显得很搞笑。有那么五六次，汽车会停下来，然后司机向我们要名片。他们以为我们是专门给别人遛狗的。我告诉他们，我们是专门当傻子的。

有一次遛狗经历深深地刻在我的脑海里。我们每人牵着4只狗，但是我无论如何都想去星巴克坐一坐。我并不是真的想坐在星巴克然后吃百吉圈，我只想听听这位站在柜台后面的年轻女士——唐娜——有什么话想对我说。

那天前夜，我写的电视电影第一次在 ABC 播出。这部电影叫《爱，敬仰与欺骗》，由瓦内萨·马塞尔领衔主演。这算不上什么艺术，但是作为电影来说已经不错了。它播出了，我很兴奋。

我常来这家星巴克，之前也和唐娜聊过天。她说自己是个电影迷，她保证会看我写的电影。我很想知道她觉得这部电影怎么样。于是我让黛比牵着8只狗在外面等着，我一个人进去，准备买一些松饼带回家去。

我一走进去，唐娜就开始滔滔不绝地说她多么喜欢这部电影，多么想再看一遍，等等等等。很显然，这激起了排在我前面的那位女士的兴趣，她问我们在谈论什么电影，我说："《爱，敬仰与欺骗》。"

"超级赞！"唐娜激动地说。

"是什么电影？"另一位女士问。

这是我谦虚一下的时候了。"这是一部两个小时的电影。"

"不，说真的。"

"我们这样说吧,"我说,"你来比一比《公民凯恩》,《飘》,还有《爱,敬仰与欺骗》。"

唐娜埋怨道:"啊,我讨厌《公民凯恩》。"于是作为一个受我尊敬的影评人,她的评论差强人意。

但我们至少有了这篇影评的题目:"比《公民凯恩》强些!——星巴克的唐娜"。

我说这个故事,并不是因为唐娜的评论让我感到多么骄傲,而是因为在接下来的遛狗中,我的手里拿着一包松饼。

我们常常会抄小公园里的小路,主要是因为狗狗们喜欢看松鼠。就在那一天,有只松鼠从我们面前跑到了一棵树上。我松开了狗狗的皮带,以前好多次我都是这么做的。

我之所以这么做,是因为我知道我们的狗狗绝对会空手而归。它们会追着松鼠,而松鼠会跑到树上去,然后在安全的位置上低头藐视它们,嘲笑它们的徒劳。年老的狗狗是不可能抓得到松鼠的。它们连我都抓不到。

这一次也没什么不一样。松鼠远远地把狗狗甩在后面,敏捷地上了树。当我和黛比还有黛比的4只狗狗赶到那儿时候,我负责遛的4只狗正抬头看着溜走的松鼠,朝着它死命地吠叫,好像在哀求它下来,好给它们一个决一胜负的机会。

然后我就听到头顶一阵急促的声音,接下来的几分钟将会深深烙在我的脑海里。这只松鼠从树上掉了下来。很显然它没有抓稳，一点也不像松鼠的作风。最后它摔在了4只狗狗的脚下，狗狗们简直不敢相信还有这样的好运。

它们马上就发起了攻击，我试图阻止它们。黛比告诉我，我的"试图阻止"包括用一袋子星巴克的松饼来打狗狗，以及从头至尾"不要啊！不要啊！不要啊！"的尖叫声，这声音大概比我平时说话的声音要高100万个八度。黛比说，我听起来活像个吞了只虫子的女歌剧演唱家。

当这一切结束后，这只松鼠躺在那儿，受了伤，但还活着。黛比跑到街对面，按了门铃，问他们有没有可以用的空盒子。他们给了她一个，于是黛比就跑了回来，把松鼠捧起来放进了盒子。

当时我们是在第六街道，在维尔雪大道东边一个街区的位置，我们知道有一家兽医诊所在第十二街道和维尔雪大道上。于是我们整队出发，十分可笑：黛比牵着6只狗狗，而我牵着另外2只狗狗，拿着一只放着受伤松鼠的盒子。

我们冲进了诊所，兽医从接待区域走了出来，看看到底发生了什么暴乱。我们向他解释了事情的经过，黛比告诉他拯救这只松鼠对我们来说很重要。

但是医学，至少那位兽医，无法拯救这只松鼠。出于人道，他将松鼠处以了安乐死。我们离开了诊所，吸取了一个宝贵的教训：永远不要让4只老年的狗狗去追逐一只松鼠，如果你非要这样做，一定要用比松饼更结实一点的工具来维持秩序。

别问我那些松饼后来怎么样了，反正现在我改吃烤饼了。

烤饼更结实一点。

以防万一嘛。

伯尼

伯尼是我们在动物收容所里见到的唯一的伯恩山犬。它还是只小狗，所以还看不出伯恩山犬的一些特点，因而我很怀疑人们是否真的知道它是什么品种。我们自己也不是很确定，但我们在遇到萨拉的时候就已经爱上了这个品种的狗狗，所以我们违反了"不养小狗"的誓约，带走了伯尼。

它长成了一只非常美丽、体型庞大的狗狗，带有典型的伯恩山犬的性情。虽然黛比从来都不承认自己对哪只狗狗有所偏爱，但伯尼就是其中之一，紧跟在路易斯之后。

它的体重稍稍超出120磅，晚上就睡在我们床上，睡在旺达边上。旺达身高165厘米，伯尼在它身边是个小矮子。接着是珍妮，然后还有一两只别的狗狗，我们的床相当拥挤。

我在写这本书的时候已经是收养伯尼的第四个年头了。在六个月前，它才开始接受人对它的抚摸。在此之前，它是绝对不会允许这样的事情发生的。

当我在夜晚醒来——生活在像救济院一样的地方，我经常会在夜晚醒来——几乎总能看见黛比在挠伯尼的肚子。我觉得她在睡着之前，手臂会启动"自动挠痒痒"功能。

这儿一下雪，伯尼就高兴坏了。它会跑出去，经常会有一帮小伙伴和它一起出去。它们都喜欢冷天气。

伯尼似乎很享受这次房车旅行，它绝对喜欢缅因州。有伯尼的地方，总是会充满快乐。

最终的准备

很长一段时间里，黛比并没有完全投入到这次的旅行准备中去。我最乐观的猜测是，可能因为我给了她一个具有误导性的概念，那就是一切尽在我的掌控之中。也有可能是因为她把精力集中在缅因州那边的事务上了。相隔千里装修房子并非易事。

幸运的是，我们有 Hervochon 建筑公司，他们非常能干，而且完全值得信赖，这让一切都变得简单了。但我认为他们，或者任何我们接触的那边的人，都无法完全理解我们将要带来的"家庭"是个什么概念，而且他们要根据这个家庭的需要来设计居住设施。

狗洞是个严峻的挑战，我们依然要规划一下外围的区域，当狗狗穿过狗洞的时候它们要用到这个区域。必须要设计一个斜坡通往那儿，这个斜坡的角度必须能让我们那些年老的、有关节炎的狗狗们感到舒适。而且建造这个斜坡的材料不能让它们在冬天滑倒。他们告诉我们缅因州真的有冬天。

前廊和后院都要装上大门，如果狗狗从敞开的门中走了出去，我们必须确保它们无法跑到荒郊野外去。

置办家具是另一项重要的任务。我们在加利福尼亚的大部分家具已被狗狗们摧残多年，所以我们要买新的家具。黛比曾光顾过缅因州当地的一家店——帕克室内设计，这家店的店主卡洛琳·帕克也是个室内设计师。

黛比花了无穷无尽的时间来思考椅子和沙发的图案，直到最后我告诉她这些根本不重要。不管是什么材质和图案，最后都会被盖上沙发套和床单，用以保护它们免受狗狗的摧残。我们可以将房间布置成明亮的红色波尔卡圆点，但最后没人能看得见什么圆点。

黛比仍然不懈地装饰着任何能够看得见的地方，直到我们要处理咖啡桌的时候。我们想把加利福尼亚的那张破烂的咖啡桌带过来，但是卡洛琳却试图说服我们不要这么做。最后，我们给她看了一张照片：藏獒旺达和伯恩山犬伯尼正蹲在咖啡桌上，她才作罢。这张桌子几乎永远都会有狗狗蹲在上面。

当然，更重要的是，在我们到达的时候房子已经装修好了。我们得知缅因人和加利福尼亚人的心态是不一样的。缅因人要温柔得多，轻松得多。截止日期对他们来说并不是什么大事，因而他们处事也更加灵活，也不会充满歉意。

我们在缅因州的承包人克里斯·麦肯尼有一天打电话给我们，想了解我们知不知道我们到达的准确时间。这不是什么好兆头。本来这个房子应该毫无疑问地在我们到达之前准备好，但是现在他好像想再争取几个小时或几分钟来装修。

我向他诉说了我的担忧，他向我保证，万事必定妥当，"除了几件事"。他说这一点也不会影响我们入住。洗衣房里还没装上柜台，炉灶上还没装好排气罩，壁炉架也还没安在壁炉上面。

这些都不是什么大事，但我对于壁炉架一事很不满意，因为这东西重达600磅，需要好几个人才能装上去。有我们的狗狗在，要是来了一屋子的工人，这可不是一件让人舒心的事儿。"为什么壁炉架还没装好？"我问他，因为我在很久以前就已经让他装了。

"因为装壁炉架的哥们儿狩鹿去了。"

我已经知道缅因人是怎样说话的了。他们会毫不犹豫、毫无愧疚地将真相告诉你。而在加利福尼亚，人们则会编造一个听起来更加合理的借口。

举个例子，他们可能会说："石头是从意大利运过来的，那儿的匠人要花多一点时间来雕刻。他们都是顽固的完美主义者。但请相信，当你看到成品的时候，一定会因为他们花费了更多的时间而感到高兴。"即使石头此时正在伯班克，而且看起来像是米奇·曼托[1]设计的,他们也照样会这样说。

　　克里斯告诉我,无论如何,你都不用担心,任何踏进这间屋子的人都不讨厌狗狗。我想这倒是真的,因为如果他们连麋鹿都不怕,怎么会怕狗呢。

　　黛比把大部分精力都放在缅因州的事情上,直到我带她去检查我们即将使用的旅行房车。这使得一切都变得真实起来。在两周之内,我们即将搭上这些车,并在上面住上五天时间。

　　她开始计划我们在车上所吃食物的菜单。这对我来说可不是个好消息。因为黛比喜欢吃得很健康,而我仅仅是喜欢吃。所以我想要薯条,黛比却写上胡萝卜;我想吃巧克力曲奇,在黛比那儿就变成了甜豆。我们显然拥有两套不同的哲学,但我并不担心,因为去商店购物的人正是在下。

　　她同样列了一张表,列出每辆车里要住哪些人和哪些狗狗,我检查了一遍然后进行编辑。黛比和我会分开,我会在一辆大房车上,黛比在另一辆上。我们这样做,是因为如果我们之中有一个人在的话,狗狗就会安静一点。

　　一旦确认,狗狗们便会在整个旅途中都待在同样的车里。这会使我们更容易地掌控它们。每到一处地方停下的时候,我

---

[1] 米奇·曼托(Mickey Mantle)是美国著名的棒球队员,效力于纽约洋基队。——编者注

们都会点名，然后每辆车上的同样的7只或者9只狗狗就会吠一声"到"。

我们一致同意，黛比把最年轻、最难弄的狗狗和我放在一辆车上，然后把最好相处的狗狗放在我们都不在的车上。我们的狗狗之间有特殊的关系，所以我们知道哪只和哪只可以分开，哪只和哪只要放在一起。对于此次旅途的就座计划，我们所耗费的精力要大于安排一场白宫国宴。

人类成员的分配要简单得多，这主要取决于是否愿意驾驶，以及驾驶小型车的经验。我们觉得也许要偶尔换位置，这取决于个人的劳累程度。但我们还是有灵活性的。我们中的很多人并不认识对方，我和黛比也不是每个人都认识，所以个人因素并没有影响到我们的决定。

我们有四条"真汉子"：艾米特·路德、兰迪·米勒、乔·尼格罗、埃里克·克莱德。如果算上埃里克的儿子尼克的话，就有五个了。我们把艾米特和埃里克安排在一起，兰迪和乔分别在其他两辆车上。如果有需要，这些就是可能要交换位置的人。

我们计划一路开到缅因州，中途不做停留睡觉。不开车的时候，人就可以睡觉，吃东西，洗澡，看书，抚摸狗狗，想做什么就做什么。

我们还有其他规定。车上可以喝葡萄酒和啤酒，但在驾驶之前的四小时内任何人都不能喝，而且只能在车厢后面喝酒。车前面必须保证有两个人，一个人驾驶，另一个人在乘客席上，负责保证驾驶员是清醒的。

如果到了某一点，六个人都没有精神了，不能好好工作，那么我们就停下。绝无例外。

这些都是很文明的规定。

我们同时也大费周折地给所有的狗狗都打上了预防针，而且吃了预防大恶丝虫的药物。我们的狗狗以前从未吃过大恶丝虫药物，因为大恶丝虫在加利福尼亚并不是问题，但某种程度上，在缅因州却是个问题。不幸的是，狗狗在吃药之前，必须要验血以保证它们没有患上有这种疾病。如果一只狗狗在已患有大恶丝虫的情况下服用预防药，将会导致死亡。

所以我必须轮番将25只狗狗带到诊所验血然后打针。相信我，这可不是好玩的。但当一切都结束，我们拿到了所有的文件，如果中途被地方当局拦下来的话，有这些文件就可以过关了。由于联邦法律并没有关于我们这种情况的规定，所以我们弄了许许多多文件，以防经过某些州的时候遇到棘手的问题。

最终我们终于准备妥当。或者并没有准备好——我压根不知道。我们的交通工具那么大，此行并无一人曾经驾驶过这么大的车。狗狗都是很棒的，但在旅行房车上连着待上五天，而且周围几乎都是陌生人，不知道会发生什么事情。志愿者现在都热情满满，但他们能保持这份热情吗？

至于我自己，我只希望这一切都已经结束。我并不是个十分追求个人舒适的人，通常我也不需要住高档的酒店，乘坐头等舱的飞机，等等。但是我确实想要避免一些不舒适，而此行必定会带来许许多多的不舒适。

我们这队人马经常互通邮件。他们在讨论要看什么 DVD，要吃什么东西，这次旅行的主题曲应该是什么。我决定要是他们手拉着手齐声歌唱"麦克，划船到岸边"，我一定会从房车上一跃而下，然后直奔机场。

总体看来，大家都觉得此行是一场华丽的冒险，一场成功的，并且是充满欢乐的冒险。

我可不这么认为。

我觉得这是一场灾难。

该放手的时候

这么多年来,我猜我们家已经养过300条狗了。我知道这难以置信,但我爱每一只狗狗,这和大多数人对一两只宠物的爱并没有什么区别。我们了解它们的性格,我们知道它们什么时候喜欢挠痒痒,我们对彼此的了解之深,大多数人一定会觉得不可能。

当我在写这本书的时候,我们有25只狗。也就是说,大约275只狗曾接受过我们的关爱,然后离世了。也许有10只是在家里去世的,大部分是在睡觉的时候,我们通常是在早晨发现的,让人震惊、痛苦。但如果它们是死在家中,那么通常来说它们之前并没有生病的迹象。死亡来得很突然,希望它们走的时候不痛苦。

其他的265只是在兽医诊所去世的,这意味着它们死去的时间是人为决定的。做出这样的决定是十分痛苦的。

当我们刚开始做狗狗救援工作的时候,黛比在西洛杉矶动物收容所见到了一只金毛猎犬。他们估算它十四岁，它有条腿受伤了，走路有些困难。它是被人以"走丢狗狗"的名义送到收容所来的，这是一个可笑的谎话，因为这只狗是不可能跳出篱笆逃出来的，就连从这头走到那头，它都不可避免地要在中途摔跤。

收容所的人知道他们无法安置这只狗狗，所以他们就决定将它处以安乐死。在这种情况下，他们做这样的决定也是显而易见的，我一点儿也不责怪他们。但是黛比提出，让她将它带到我们的兽医诊所，做个健康评估，如果兽医说这只狗狗可以健康地活着，并有较好的生活质量，那么我们就会收养它。黛比把名字都给它取好了，叫巴迪。

如果兽医说，巴迪不能活得很好，那么就会将它处以安乐死。在安乐死的过程中，黛比会在它身边，抚摸它、安慰它。

自然，收容所并没什么异议。黛比就带着巴迪去了我们的诊所。细节我记不清了，但我记得兽医说巴迪虽然需要服药，且伴有一定的疼痛，但它仍能健康地度过剩余的生命。兽医估计它还有六个月的时间。

于是我们将巴迪带回了家，它十分开心。它很喜欢和其他狗狗交流，虽然它并不会参加那些随时随地会爆发的狗狗摔跤大战，但它会在不远处看着。它经常笑，而且胃口很好。我们从未后悔将它带回家。

兽医估计的时间错了一个月，很不幸的是，他多算了一个月。五个月之后，巴迪的情形就一落千丈，它不吃不喝，不想站起来，也不和其他狗狗在一起。

于是我们将它带到了诊所，得到了确认——巴迪已经走到了生命尽头。

正如我之前对塔拉的描述一样，通常安乐死时，兽医都会用温和的镇静剂来使狗狗安静下来，然后在狗狗腿上刮下一块毛，更容易看到血管，然后就会用注射器将一瓶粉色的液体注射进去。兽医就是这样处理巴迪的，整个过程中我和黛比都抚摸着它。

每当我们决定要给一只狗狗处以安乐死的时候，我们都会确保两人同时在场。但有时候无法做到，只有一个人可以去那儿给予抚慰。当我们两人都在的时候，黛比通常会抚摸狗狗的脑袋，在它的耳边轻声细语，而我则抚摸狗狗的背部和侧边，我们就这么一直抚摸着它，直到兽医检查了心跳，告诉我们结束了。

因为那还是我们狗狗救援的早年时期，我们对于巴迪身上发生一切都十分难过。虽然不是像失去塔拉那样的难过，但我们真的肝肠寸断了。

但那天晚上，我们达成协议，并形成了一个观点——我们需要专注的是在巴迪或其他任何狗狗还活着的时候，不管活多长，我们都要使它们平安快乐，给予它们关爱。从此以后，我们就得到了安慰。

这就是我们能做的一切，我们必须将这些做好，不然会疯掉。我在说这句话的时候，清楚地知道大部分人已经将我们这个活在狗堆里的人生归入"疯狂"的行列了。

一直以来都有人给我们写信，想知道如何决定什么时候进行安乐死。他们错将我这样一个爱狗疯子当成一名狗狗专家了。有时候他们面临着可怕的抉择，担心将会做出错误的决定；有时候他们已经做出了决定，给宠物进行了安乐死，后来又害怕是不是做错了什么。

我不愿给出任何建议。首先，我不了解他们的狗狗，也没亲眼看过它们的情况。我所知道的都是他们告诉我的，而人们的话很容易被他们当时的情绪左右。

我也不是个兽医，虽然有时候我觉得自己好像是个兽医，因为除了做别的事情，我每天大概会给狗狗喂60片药，治疗各种各样的疾病。当兽医可以轻易治愈这种病的时候，我不想建议他们给狗狗处以安乐死。但我也不想让他们的狗狗继续活下去，因为很可能这会延长它们无法治愈的痛苦。

最重要的是，我不在他们家，我无法在远处评估他们的情况。就算近在眼前，我也很不情愿做这样的决定。这是个人的决定，必须由他们在兽医的指导下做出。

所以我能为他们做的就是分享我的经验，告诉他们我们是如何处理的。

关于塔拉，我觉得我们等了太久。我们用了不寻常的方式来延长它的生命，但回想起来，我觉得我们这样做更多是为了我们自己，而不是为了它。虽然当时我们并不是这样认为的。

我觉得当时我们应该尽早放手。希望我们能从错误中得到学习。

在我眼中，最重要的判断线索就是狗狗是否进食。但我并不是说狗狗要是不吃东西就应该被处以安乐死，我的意思与之刚好相反。如果一只狗狗处于极大的痛苦之中，它是不会吃东西的。所以我们永远不会将一只胃口很好的狗狗处以安乐死。

还有一条规则并没有那么明晰。这涉及自尊，我们绝不会让一只狗狗失去自尊。如果一只狗狗无法自己站起来，或者小便失禁，这些在我们眼里都是失去自尊的表现，我们觉得这对狗狗是不公平的。

但这永远都是个艰难的决定。我们的底线是狗狗的生活质量。我接到一个来自棕榈泉的女士的电话，她是通过另一个搜救小组得知我们的。她有一只名叫维妮的金毛，只有一岁半，腿上有个肿瘤。这位女士既没有钱，也没有意愿来处理，所以她问我们是否可以收养维妮。

我开车过去接它。这是我见过的最甜美动人的狗狗。它浑身金色，身材苗条，脸上永远挂着微笑。它腿上有一个垒球大小的肿瘤。

我直接将它带到了兽医那儿，兽医告诉我这个肿瘤很显然是癌，而且这么大了，无法移除。唯一的解决办法就是截肢，即使截肢也未必能好。骨癌也许早已扩散，所以无论如何，对维妮来说都是致命的。

我们问兽医最多的一个问题就是在这种情况下，如果是他们自己的狗狗生病或受伤，他们会怎么做。对于维妮，我们的兽医给出了一个惊人的回答，他说他会选择截肢。

我追问他，尤其是当他说截肢后它只能活六到八个月。大部分时间岂不是会花在适应怎样用三条腿生活吗？我问他。那为什么要让它在这样短的时间内受这样的苦呢？

他说了自己的理由。在那天黄昏，我们选择相信他。我们给维妮做了截肢，结果十分惊人。48个小时内，它变得活蹦乱跳，虽然只有三条腿，却比用四条腿走路的狗狗还要灵活。我从没见过这种事。

它活力四射。毕竟，它还是一只小狗。它和其他的狗狗摔跤，接棒球，热爱它生命的每一秒。

　　这样的生活持续了十个月。它病倒的时候十分突然，因而它并没遭受什么痛苦。选择给它这样一段生命，是我们做过的最好的决定。维妮充分利用了这段时间。

　　我能给的最好的建议就是尽你所能，仅仅为你的狗狗和狗狗的生活质量设想。大部分情况下，如果一个充满爱心的主人在为这个决定挣扎，那这大概是放手的时候了，因为对于主人可以寻找各种各样推迟拒绝的理由。这是人的本性。

　　有时候你做对了，有时候你做错了。你能做的，就是尽力而为。

"伊维之岛"不容侵犯

一天我回到家,留言机上有条信息,是来自SEACCA动物收容所的罗恩·爱德华兹。留言很简单,他有一条名叫伊维的圣伯纳德犬,我们只要收养就好。

我们对于罗恩挑选值得救助的狗狗的能力充满信心。而且我们一直想要一只圣伯纳德犬,所以我们直奔这家位于丹尼市的收容所。

救援人员有时候会对可能的收养者要求过分严格,这就是他们有时候被称为"救援纳粹"的原因。但如果他们给了你一只狗,只要你拯救了一只狗,这只狗狗就正式处于你的保护之下了,那么他们就会完全信任你。

我和黛比更进一步。一旦我们在心中决定收养这只狗狗,即使还未正式领养,我们也会认为这只狗狗已经处于我们的保护之下了。

说一个典型例子,有一次我们接到一个来自收容所的电话,让我们拯救一只金毛。当时我们家可能已经拥挤不堪，没有地方再收养一只狗狗了。但我们从来不会把一只金毛丢在收容所不管，所以我们马上就会去接那只狗狗。

虽然等我们到了收容所，可能会发现这根本就不是一只金毛，而是一条只有5%金毛血统的混血犬，但这一点关系也没有，即使是一只长颈鹿，我们也会收养的。因为在我们决定前往收容所的时候，就已经在心中将这只狗狗置于我们的保护之下了。要是到时候我们因为它是混血犬而转身离去，那么这在我们心中，就好像亲手将它处以了安乐死一样。

伊维的情况有点让人为难。它是一只圣伯纳德犬，而且非常可爱。但它有些问题。一方面，它已经八岁了，对于圣伯纳德犬来说这已经是高龄了，而且它有些健康问题。健康问题本身并没有那么重要，但伊维是一只失明犬。

我们家之前也养过失明犬，它们的适应能力是惊人的。有人说当你养了一只失明的宠物，就不该把家具移来移去。但我们家平均会有34件四条腿的"家具"，24小时都在不停移动。然而失明的狗狗似乎一直都穿梭自如。在它们穿来穿去的时候，脸上还挂着笑容。

但伊维体型庞大，自身移动性就不强。我们对于它的适应情况十分担忧，一想新环境给它带来的压力使它过得不开心，我们就会十分痛苦。

另一方面，如果我们不收养它，就意味着它将在收容所里再待上几天，然后安乐死。

所以我们带它回来了。我们应该用吊车把它从车里弄出来，但没有吊车可用，我们就只好自己动手了。接着进入了一个吓人的环节：将它介绍给我们的狗狗。它们蜂拥而来，而伊维则处变不惊。

我无法想象出它当时在想些什么。它看不见迎面扑来的那群疯狗，但它坚忍不拔地站在那里，等待它们平静下去。它们也没有被它的庞然体型吓到，而它也没有被它们的数量和活力吓到。它们陷入了僵局，这是件好事，也是个好的开端。

观察狗狗在我们家的性格变化是件有意思的事情，至少是和我们家的狗狗相处这一点。经过一段时间，它们就会相处得更融洽，它们的真性情也会暴露出来，通常是在我们意料之外。

伊维对我和黛比十分温柔顺从。在我记忆中，没有哪只狗狗比伊维更喜欢抚摸的了。当它听到我们向它走来时，就会微微低下脑袋，准备好"接受抚摸"。

但它对其他狗狗朋友就没有这样宽容了。我不是说它咄咄逼人，它更倾向于与它们保持距离。它在客厅的一角挑了块地方，在那儿铺了床，那是它永恒的居所。

我们将它命名为"伊维之岛"。对于任何冒失地闯入这块领地的狗狗，我们只能祝它好运了。伊维会觉察出它的存在，然后怒吼着，作为警告。如果这还不够，它就会吠叫，抓咬。有一次它真这么做了，只有这一次。这只冒失的狗狗立马就会撤退，退到一条假想的堤岸之后，再也不会靠近了。

幸运的是，伊维不会在室内大小便。所以它每天都会离开它的岛屿到院子里去几次。总之，每次它走出去的时候，其他狗狗都会给它让出一条路。没人想惹上伊维小姐的麻烦。

有一天我们帮一个朋友照看他的金毛猎犬林肯。他不久前在我们这儿收养了林肯，出去度假的时候不想把它托付给寄养机构，于是它就和我们待一块儿。

当黛比出门去了，而我在办公室的时候，林肯做了件很不明智的事情，那就是入侵了伊维的领地。我没有亲眼看见，但我听到尖叫声就立马跑了出来。林肯犯了一个菜鸟级别的错误，暴躁的伊维把它的一只耳朵给咬了下来。

我说得有点夸张了，我以为是这样的。实际上伊维没有把整个耳朵咬下来，只是咬掉了一部分。但这让林肯流了很多血，尤其是当林肯痛苦地摇着头时，鲜血溅满了整个房间。

我抱起林肯就上了车前往诊所。它的伤势并没有我担心的那么严重。兽医很快就缝好了伤口，并向我保证几周内耳朵就会完好如新。

这时，黛比回来了，看到家里到处血迹斑斑，就像是《德州电锯杀人狂》的拍摄现场。当时我还没到家，所以黛比根本不知道发生了什么，她惊慌失措，搞不清是否有哪只狗狗不见了。

于是她疯狂给各个兽医诊所打电话，确认我是否挂了急诊。最终在林肯包扎耳朵的时候她找到了我们。我告诉她没什么问题。

然后我突然意识到，黛比打的都是动物诊所的电话，而不是寻常医院。她怎么知道那些血不是我流的呢？当时我也不见了，而且她也不可能做DNA鉴定来确定到底是人血还是狗血。她怎么知道受伤的不是我呢？也许我正在某个急诊室待着，马上就要做手术了呢？

我向她指出了这一点，希望她能感受到一点愧疚。但在我看来，这不过是徒劳。

我不知道这对我来说是不是个教训，但这显然对其他的狗狗是个教训。

谁也别想，谁也别想踏入伊维的领地！

玛米和酷珂

当我在休斯敦为"金色开端"救援组织做签售的时候,黛比给我发来邮件,告诉我位于圣费尔南多谷的东峡谷收容所打来电话,说他们那天下午要将一只十岁的金毛处以安乐死。她告诉我她正在前去拯救它的路上。

我知道她这话是什么意思。黛比光顾动物收容所就像大部分人光顾商场一样。她指一指,然后说:"我要这个,那个,还有那个……"

那天她收养了4只狗。她给那只金毛取名玛米,给藏獒取名叫旺达,给那只黑色的拉布拉多混血取名卢克,给那只博德牧羊犬混血取名酷珂。卢克在我们前去缅因州之前就去世了,但其他三只狗狗则和我们一同踏上了旅程。

我觉得玛米不是一只纯种金毛,可能有点松狮犬血统,但它基本上还是金毛。在缅因州时,它经常在我们家的台阶上玩耍,然后在楼梯平台上睡觉。楼梯平台给了它一个很好的视角。

除了小猎犬萨拉，玛米可能是我们养过的要求最高的狗狗了。它会按它的时间吃饭，从不接受任何借口。

它还要求单独的水盆，宁愿渴死，也不在其他狗狗的水盆里喝水，那太掉价了。

酷珂是一只看起来蓬乱，但实际上十分与人为乐的狗狗，它的脸上24小时都挂着微笑。它一点儿也不怕家里的其他狗狗，虽然大多数狗狗都要比它重上个30到100磅。

有一天我没有关上柜子的门，然后酷珂就钻了进去。这成了它长达三个月的基地，直到我们去了缅因州。一天早上它病了，兽医在它的肝脏里发现了一个无法手术的肿瘤，酷珂就这样走到了生命尽头。

就这样，让人伤心的是，黛比疯狂"购物"的见证者就只剩下玛米和旺达了。

大部队集合

我们招来的人全部都需要坐飞机过来。辛迪·弗洛勒斯来自维吉尼亚；艾米特·路德来自亚特兰大；兰迪·米勒来自休斯顿；辛迪·斯博德克·迪基来自西雅图；玛丽·琳恩·邓达思来自加利福尼亚北部；埃里克、尼克·克莱德、特里、乔·尼格罗，当然还有黛比和我，则来自加利福尼亚南部。

人来齐了。这对我来说简直不可思议。如果我是他们，宁愿中途从飞机上跳伞逃走也不愿靠近我们。

我们把他们安排在科斯塔梅萨的一个旅馆里，靠近租借旅行房车的地方。然后我们预订了晚餐，让我们有机会互相认识认识，也让我们借此做最后的安排。每个人看起来都很正常，这对我来说又是一件不可思议的事，因为正常人是不会参与这种事的。

当然，也有可能是我基于自己的见解对人类的慷慨和爱心做出了判断，而我的见解还不够深刻。我决心在旅途中多留心观察，以更好地了解人类。

晚餐吃得十分愉快。没有人脸上有惊恐之色，很显然除我之外。他们相处十分融洽，有说有笑的，对此次旅行充满了期待。

玛丽·琳恩是这一行人中唯一一个我没有与之交谈过的人。她是通过辛迪·弗洛勒斯加入我们的。和所有人一样，她看上去也十分和蔼随和，并表示愿意为这次旅行尽心尽力。

她向我述说了那个夜晚，当时她和辛迪正坐在门廊上，辛迪讲起了这次旅行。她用词准确地说道，这简直是疯了，然后就要求加入我们。狗狗是她的一生所爱，所以她很想体验一下真的被狗狗包围的感觉。她真的觉得这对她来说是个绝佳的机会，她还对我表达了谢意，感谢我接纳她成为我们的一员。

也许我错了，也许这些人是从火星来的。

黛比给大家敬酒，欢迎他们前来，并感谢他们为此做的一切。这的确是非同寻常的无私之举，不管怎么说，在路上整整五天马不停蹄确实是件劳神伤身的事。再加上带着25只狗狗，就更加劳累了，即使一切都很顺利。每个人都知道这一点，但没有人担心忧虑，也没有人推辞拖延。

我记得我当时看着这一桌子人，对发生的一切都很惊叹。我这辈子都没有耗费如此之多的时间和精力去帮别人这样一个大忙。而且他们与我们几乎素未相识！

后来我问他们为什么要这么做，他们的答案几乎不约而同：这么做不仅仅是为了狗狗，更是为了我们。但他们认为我们值得帮助的原因，则是我们对狗狗的爱。

　　真可谓是"狗爪的力量"。

　　我们计划第二天两点在租旅行房车的地方集合，房车最早在两点准备妥当。我们希望可以早一点拿到车，但是当时租着房车的人在中午以前是不用还车的。

　　车一到手，我们就在半小时内开回了家，首先装上物资，其次是狗狗。我希望在五点前我们可以出发去缅因州。

　　买食物的时候有点癫狂……我们买了25磅的冷三明治，还有很多水果拼盘，各种零食和任何想得到的饮料。玛丽·琳恩的儿子是个厨师，他准备了两顿意大利餐，我们带在路上吃，作为当日和次日的晚餐。

　　我们拿到了车，比我们预计要早一个小时。车主无精打采地给我们简单地讲述了旅行房车使用的规范，他并不是个很有活力的人。我连听都懒得听，因为我们有好几个真汉子在。

　　艾米特开了第一辆旅行房车，在前往我家的半小时旅途中，我为他们指引方向。我们马上就遇到了第一个难题。我们住在山顶上，在一条很小的私人道路旁。根本就没办法把巨大的房车开上山去，就算真的开上去了，也没办法掉头。我们家边上的路实在是太窄了。

于是,在我们伟大的邻居戴安、拉尔夫·李、玛丽·艾伦、劳里·帕克的帮助下,我们用一辆小拖车将物资从山顶运到了山脚的房车里。东西有很多:人吃的食物和餐具、狗吃的食物和餐具、锅碗瓢盆、咖啡机、亚麻布、篱笆,等等等等。

黛比买了超级多的卫生纸。我觉得,就算整个旅途中每次狗狗方便完毕都给它们擦屁股,也用不完这么多卫生纸。

搬好了物资就要搬狗狗了。这些狗狗对正在发生的事情一无所知,也不知道这些陌生人是谁。我们开始抚摸它们,它们才安静下来,对此表示接受。虽然我之前也没有一点怀疑,但我越来越肯定地知道,我们这些志愿者是多么热爱狗狗。

场景十分混乱。奥兰治县的当地媒体一来就更加混乱了。他们得知了这件事,赶来拍照片,采访我们。

采访记者在我面前放了架摄影机,问我要是狗狗流口水怎么办。我说:"我们已经习惯了。"

我们出发的时候是八点,天已经黑了。我知道这有可能会给缅因州那一边造成麻烦。我们已经租了离我们家很近的达马里斯科塔湖农场的一个简易旅馆,我们周四晚上到达的时候可以在那儿住。但这是一个十分乐观的行程安排。在我们出发前就已经拖延了三个小时并不是什么遵照计划的良好开端。

我在艾米特开的房车上，和埃里克、尼克·克莱德在一起。黛比和辛迪·斯博德克·迪基、乔·特里·尼格罗在一起，乔开车。其他人在最小的那辆房车上：辛迪·弗洛勒斯、玛丽·琳恩·邓达思、兰迪·米勒，兰迪负责开车。我们这样安排，是因为首先驾驶座上的都是"真男人"，也就是说我是坐在乘客席上的。

我所在的车上有9只狗狗，黛比的车上有9只，另一辆车里有7只。我无法想象它们心里在想些什么，这是它们生命中的一次巨大的变化。它们看上去十分淡定，就像在家里一样，马上就能找到舒适的地方睡觉。对我来说极其烦人的颠簸和噪音似乎对它们起到了安定的作用。

我试图将广播调到"周一足球夜"。我这辈子绝对不愿意错过这个节目。这对我来说十分重要，因为"周一足球夜"填补了星期天的全美橄榄球联盟比赛和接下来周六的比赛之间的空白。

车上的广播太糟糕了，根本什么都听不见。这不是个好兆头，但是一想到下个星期一我就能在缅因州的家里，在熊熊的壁炉前观看比赛，心里就安慰多了。

或者说这只是我的希望。

不管怎样，我们上路了。

安妮

我当时身在圣费尔南多谷,要去西谷动物收容所接一只金毛猎犬。因为我们常常去那里,那儿的人已经认识我们了。经过一段时间后,每次来了一只金毛,他们就会自动打电话给我们。起初他们有些漫不经心,后来情况逐渐好转。

我在那儿时,一个名叫黛妮思的养犬工人叫我过去。我与她只是点头之交,除了讨论某只狗狗的年龄可能是多少,或者某只狗狗有没有癞疥之外,我从未想过我们之间会有任何实质性的对话。

我们走到了后面的办公室里,不一会儿她就啜泣起来。那时候我宁愿自己身在冥王星上也不愿待在办公室。她的哭泣让我深感同情,既是同情她也是同情我自己。

不管怎样,我问她怎么了。我不知道她有没有听见我的提问,但这不重要,因为她反正都会告诉我的。

她平静下来以后,至少暂时平静了下来,就告诉我安妮的情况。安妮是一只一岁半的牧羊犬和柯利犬的混血。在七个星期前,安妮来到收容所。这让我感到很震惊,因为一般来说狗狗如果没有被领养,是不能在收容所里待那么长时间的。

但安妮没有被安乐死是有原因的。安妮来的时候,腿受伤了,在任何情况下收容所都会将它处以安乐死。因为收容所是无论如何也不会想找兽医的,也没有那样的资源。因为它受了这样的伤,几乎就没有被领养的机会了。所以,他们会理论,为什么要在一只最终会被安乐死的狗狗身上花钱呢?

然而黛妮思爱上了安妮,她说以前从来没有发生过这样的情况。收容所的工作人员一般和普通人无异,都很喜欢狗狗。我不知道他们是如何眼睁睁看着一切发生的,我猜他们也许就是闭上了眼睛。

但是黛妮思无法在安妮面前闭上眼睛。

为了让安妮活下来,她开始把它从一个笼子换到另一个笼子,这样每次记录都显示安妮是一只新来的狗狗,才刚刚到这里。我觉得收容所的记录系统是有漏洞的,而黛妮思正好利用了这一漏洞来拖延安妮的安乐死。

她这样做了五个星期后,被老板发现了。眼看着安妮马上就要被处以安乐死了。但是黛妮思不愿放弃。她将安妮带出了收容所,放在了一个附近的兽医那儿。

但是黛妮思没钱,兽医拒绝给安妮动手术。于是安妮就在那儿的笼子里待了两个星期。这快让黛妮思疯了。没有人可以帮助她,她只能向我们求助。

她知道我们主要收养金毛猎犬和其他的大型狗,但不知道我们是否会接纳安妮。

如果说世上有任何事情是无须经过大脑思考的,那么拯救安妮就是其中之一。她的情况成了我们救援的原因;拒绝她的请求是不可能的。我自然答应了。

但我们是不会让那个把受伤的安妮关在笼子里两周的兽医来动手术的。我们将安妮带到了我们的兽医那儿,做了X光检查,他告诉我们伤势十分严重,而且因为长时间的拖延病情进一步恶化了。

他可以做手术,但是需要在它腿部嵌入金属板,以确保骨头正常恢复。安妮要在兽医诊所再待上六个星期,因为它无法承受任何给它的腿部带来压力的活动。在诊所里,他们可以控制它的行动,并给予我们给予不了的帮助。

安妮手术顺利,并在它的新笼子里住下了。我和黛比经常去看它,但我们不能带它散步,因为这可能对它的康复不利。所以我们就和它一起蹲着,抚摸它,给它喂一点饼干。

在那段时间里,我和安妮培养起了感情。到最后我都不能去看它了，因为它一看到我就变得异常激动，想要上蹿下跳。终于，六个星期过去了，我们可以带它出来了，然后着手给它找个家。黛妮思不能收养它，虽然她非常想要这么做，但是她的公寓太小了，而且她的房东也不同意她养狗，否则就威胁她搬家。

我和黛比陷入了僵局。通常我们会把它安排在兽医诊所，我们把等待收养的狗狗都安排在那儿。但对于安妮，仍旧将它放在一个笼子里感觉太残忍了。所以我们把它带回了家。对于我们"安排在家"的狗狗来说，安妮显然太过年轻，太过健康了。但它就暂时在家里住着，直到我们给它找到一个长久的家。

当有人想领养它，想看看它时，我们就把它带到兽医诊所去见面。我们觉得在我们家之外的地方会更容易让它和其他人培养感情。这样的话，领养者就可以在一个中立的场所与它见面，带它散个步，抚摸抚摸它，了解一下它。

但事情没有那么顺利。

安妮就是不想和别人有什么关系。它不愿意顺着他们走，常常要拉着他们走，去它认为我在等它的地方。如果他们强迫它，它就露出牙齿，对他们低吼，这显然表示它不愿意被收养。

最终我们放弃了。安妮已经经历了太多，它已经认定了我们家是它最终的居所。它已经和其他狗狗交上了朋友，这里就是它将要生活下去的地方。在我看来，它已经做出了决定。

我们家养过300来只狗狗，我可以给你一个准确的数据，有多少只狗狗比起黛比更喜欢我。

三只。

安妮就是其中之一。

它全心全意爱着我。我只要在家，它就在我身边。那时候，有五只狗狗和我们俩同床共枕，安妮就是其中之一，因为它是为数不多的年轻健康的狗狗之一，不需要任何帮助就可以跳上床来。但只要我不上床它就不会上来，一旦我们都上来了，我们真的是合用一个枕头睡觉，虽然这听起来很奇怪。

它是我的朋友，也是我的守护者。我们彼此都有这种感觉。

安妮和我们一起住了十三年。发病不久后，它就去世了。这对我来说是最艰难的时刻之一。它去世的时候，我在兽医诊所抱着它，就像我平时抱它一样，我极度痛苦，无法用语言来形容。

我失去了一个朋友，一个活生生的、有情感的朋友，它每天都无条件地爱着我，它与我们一同生活。这一切正如你想象中的那样艰难——也许更难。我想象它现在身在何处，它是如何熬过这一切，过上了永恒的幸福生活。

这件事情告诉我，狗狗救援，像大部分其他事情一样，完全取决于运气，取决于在对的时间还是错的时间，取决于在对的地点还是错的地点。

要是那天我没有接到那个关于金毛猎犬的电话，我就永远也不会知道安妮，也不可能收养它。如果真是这样，它就会在兽医的笼子里死去，很可能是在被扎了一针之后死去，这一点我毫不怀疑。

但是黛妮思挺身而出救了安妮，我接到了电话，一切就不一样了。我知道大部分情况下，这样的事是不会发生的，但当它发生的时候我会想庆祝。

安妮的到来是值得庆祝的。

它在我们搬去缅因州的前两年不幸去世。它要是在的话，一定会喜欢这段旅途的，因为它不管身在何处，不管做什么，它都很享受。它脸上的微笑和它摇着的尾巴都是证明。

一想起来，我的心情就会好起来。

我会永远思念它的。

那些抛弃狗狗的白痴

我们在救援的过程中遇到了许多这种情况。主人明知道狗狗无法生存下去,还是将狗狗丢弃。他们觉得狗狗是物品,丢弃狗狗对他们来说与丢弃一辆用旧的车没什么区别。

我并不是说没有这样的情况,就是有时候迫于当时情形,主人无法继续将狗狗带在身边。经济原因、疾病、亲人的离世、生活环境的变迁……这些都可以让一个人无法继续把狗狗留在身边。但这并不意味着你可以不尽全力保护好狗狗,轻易就把它丢弃。

狗狗是有感情的。任何和狗狗相处五分钟的人都知道。狗狗会害怕,会爱,会感恩,会欢乐,会愤怒,等等。但有些人,有很多人,既不理解这一点,也不关心这一点。

这些人有个共同的名字——浑蛋。

作为一个救援小组,我们通常会避免从这样的主人手里接手一只狗狗:他们想要摆脱这只狗狗。我们的原则是,这些狗狗至少是有主人保护的，然而收容所的狗狗却是没有人爱护的，如果主人没有履行他的义务，而将狗狗遗弃在收容所，那么这只狗狗就成了我们救援的对象。但在这之前我们是不管的。这就是我们的原则，过去是，现在仍是。

金毛猎犬是例外。我们在塔拉死后做出过承诺，无论何时，无论出于何种原因，我们都会收养金毛。

这就是我们收养雷吉的原因。

雷吉是只八岁的金毛。当时如果我们不救它，它就要被主人带去收容所了。当然，我们说我们愿意收养雷吉，于是这个主人就带着他的女友和雷吉出现了。

按照惯例，我们询问他为什么要弃养雷吉。他解释道，因为他喜欢每天早上和狗狗跑步，多年来，雷吉的表现都很令人满意，但是现在，它已经八岁了，跟不上主人的步伐了。他的脸上毫无羞愧的神色。

所以他觉得应该要重新养一只狗了。

你不需要告诉这种人你觉得他们怎么样，否则他们是不会把狗狗交给你的。无论如何，在这种场合我很容易就会缄口不言，因为我不喜欢与人起冲突。

我的任务是管住黛比，但是在对于雷吉的主人这种情况下，管住黛比是相当困难的。我跟她说，你要是冒险和他理论，这个浑蛋就会带着雷吉离开，鬼知道他会把它弄到哪儿去。就用这一句话，我成功地制止了黛比。

于是我们就有了雷吉，我们想给它安个家。它会待在兽医诊所，直到被人领养为止。

雷吉的检查结果很好。接着黛比就把它放在浴缸里洗澡。洗到一半的时候，她把我叫过来，告诉我她有件急事要处理，让我接着给它洗澡，洗完后再把它放回笼子里。她二十分钟之内就会回来接我回家。

这太可恶了。黛比明知道和雷吉相处十分钟就会让我非常不忍心将它放回笼子里。它有一双热情的眼睛，会一眼将你看穿，它身上散发出一种金毛猎犬所特有的静默的尊严。

当我给它洗澡的时候，它舔了我的脸。

雷吉大获全胜。

黛比回来的时候，我正坐在接待区的沙发上，而雷吉则坐在我的膝盖上。她笑了，说："走吧。"

雷吉和我们一起生活了四年。坦白说，没有一条狗比雷吉还要好，包括塔拉。在它生命的最后六个月中，我们发现它喜欢舔"Cherry Garcia"这个牌子的冰冻酸奶盒。之后我每次吃酸奶都会吃剩一勺，这样它就可以不必只舔盒子边缘的地方了。

就像为了塔拉，我们不吃热狗一样，为了雷吉，我们也不再吃"Cherry Garcia"这个牌子的食物了。我们就不能有一只喜欢吃菠菜的狗狗吗？

雷吉去世的时候并没受多大痛苦，相对来说容易一些。在此之前它的状态一直很好，直到有一天早上它醒来，发现自己动不了了。它得了脊椎癌，当天就要处以安乐死。我们别无选择，它几乎没有受任何痛苦。我希望所有的狗狗都不受任何痛苦。

当然，对我们来说这并不好过。雷吉安乐死的时候我哭了。我极少哭，但当时我实在承受不住了，我们有意识地做出了这个决定，把我们挚爱的生命推向了死神。我们并不是在怀疑我们所做的一切是否正确，兽医说雷吉无论如何都难逃一死。我们只不过是加快了这个过程，免除它将要遭受的病痛罢了。

当我们这样做的时候，我只希望狗狗们能理解，我们这样做是在爱护它们，与当初它们健康时我们对它们的爱护别无二致。但是我们永远无法知道狗狗的想法，即使我们知道了，也无法改变我们的决定。

如果我们有一个狗狗的"荣誉圈"，里面全部是我们最爱的狗狗，那么雷吉一定是其中之一。还有塔拉、查理、苏菲、乔伊、洛基、哈利、黄鼠狼……这样说吧，我们需要一个比较大的"圈"。

雷吉去世之后的那一天，也就是我们领养雷吉的第四年，它的主人的女友给我们打来电话。我都不知道她是怎么找到我们的，但是她告诉我们这个男人让她烦恼了四年，而且她十分想知道雷吉怎么样了。

我们告诉了她雷吉和我们一起度过了四年的美好时光，我们非常喜爱它。我也告诉了她雷吉去世这个坏消息，她便开始哭泣。我从头到尾都没有问她现在是不是还在跟那个浑蛋约会。

有时候坏蛋是匿名的。有一次我们从唐尼收容所接到一个电话，他们有一只十四岁的金毛猎犬。对于金毛来说，十四岁算是高龄了。这么年老的金毛被困在收容所里是绝对没办法让人接受的。

我们到那儿的时候，知道了事情的全部经过。这只狗狗在收容所开门之前就被拴在收容所门口，遗弃它的浑蛋还在它的颈圈上附了一个便签。

上面写着它的名字叫泰西，十四岁，是只很不错的狗狗，但是主人要去度假，又不想给它办理寄宿，所以就只好要求收容所来将它安乐死。

他们还能再坏一点吗？

于是我们就收养了泰西，它十分健康，一到我们家就成了飞扬跋扈的皇后娘娘。它很爱吵架，这与它的年纪相符。而且它在其他狗狗面前也总是高高在上——它们在它眼里是"平民"。它体型不是很大，但它的食量却像一匹马。每次喂食前半个小时，它都会不耐烦地吠叫。

  它和我们一起生活了四年，活到了十八岁高龄。我们认为这是我们养过的最老的一只金毛了，虽然我们不敢确定。我们知道雷吉的年龄是因为雷吉脖子上贴的便签，但通常我们救援的狗狗并不会附带这样的信息。但是我仍旧怀疑我们养的其他狗狗中间没有一只能活到十八岁的。

  但大多数狗狗都和泰西、雷吉有一个共同点。

  它们之前的主人都是些蠢货！

巴特

有一次,一名救援人员给我们来电,告诉我们她在圣贝纳迪诺收容所看见一只金毛猎犬。它当时和一只黑色的拉布拉多混血犬在一起,两只狗狗都在咳嗽。犬窝咳在洛杉矶一带的收容所是一种比较常见的疾病,经常是更严重病症的先兆。于是我尽早赶到了那里。

我去的时候已经来不及了。这只金毛已经死去了,而那只被收容所取名为马弗里克的黑色拉布拉多混血犬则病得很厉害。我将它带走了,然后到我们的兽医诊所去,兽医马上就给它注射了效果很强的抗生素,并告诉我他有五成的把握能治好它。

他成功了。一个月以后,狗狗就跟着我们回家了。黛比把它的名字改为巴特,它和其他狗狗相处得很融洽。它睡在起居室中央,起居室和我的办公室一样,是狗狗聚集最多的地方。但巴特对于和其他狗狗之间的交流并没那么感兴趣,与其说它在交流,不如说它在观察。

除了路易斯，其他所有的狗狗都会经常吠叫。但它们和巴特比起来都是小巫见大巫。巴特从早上六点开始吠叫，一天之中，它的叫声都会定期爆发。如果我们抚摸一下它，即便是很短暂地抚摸，它都会停下来，但要是我们不抚摸它，就永远也别想让它停下来。只有巴特是这样的，它吠叫不是因为发生了什么意外，不是因为来了客人或有什么噪音或因为其他狗狗在叫。

巴特吠叫是因为巴特想吠叫。

它叫得不亦乐乎。

你知道俗话说……

黄鼠狼没上车,我们的旅行是开不了头的。

因而,我们的旅途在十分钟之后才正式开始。我听到恶心呕吐的声音从车厢后面传来,我对这种声音熟悉得很。这听起来很像黄鼠狼的声音,但我不确定。

我们已经预料到了车上会发生的各种各样的狗狗事故,黛比也带足了清洁用具,用来给这片"大沼泽地"消毒。马上就要试验这些清洁用具是否奏效了。

我坐在乘客席上,车厢里到处是狗狗,走出走进很不方便。在车厢里,人行动起来十分不便,我们到达维加斯的时候,我可能要动第五次背部手术了。

"有人在这里吐了。"我说了一句明显的废话,然后站了起来。让埃里克或者尼克起来打扫就显得我很不负责任,而艾米特在驾驶,所以他也不可能来打扫。

"我知道了。"尼克说道。之后他的所作所为让我对他充满了喜爱之情。他拿起一个塑料袋、一块毛巾，然后走到车厢后面开始清扫。也许这次旅行也没有想象的那么糟糕嘛。

我们所在的房车开在最前面，艾米特驾车比较慢，很谨慎。我觉得他是为了保证后面的驾驶员能跟上，他们似乎能跟得上。十五分钟后，我们上了向北的15号公路，然后我们加速了。这一切看起来都那么不真实，在所有的计划之后，我们终于上了路，向我们的目的地迈进。

我们旅途的第一站是维加斯。我的正常身份是名赌徒，我以前经常开车去那儿。内华达州的琼市赌场离维加斯也不是很远。我对这个地方还是有些了解的，我有一本书的背景就设在这儿。书中有个人在琼市赌场的停车场里被人谋杀了。但我决定不把这件事告诉我的同伴们。

这里几乎没有琼市的居民。只有几个赌博旅馆，吸引那些迫不及待想去维加斯的赌徒，或者挽留他们，在离开之前再跳一支舞。这儿的旅馆比维加斯的要俗气得多，也不像普丽梅的旅馆那样温馨。普丽梅是我们15分钟之前经过的一个小镇。

琼市是我们的第一站。我们在一个休息区停了下来，兰迪、乔、艾米特跳出了车厢，看看该怎么办。他们身上散发出一种他们知道他们要做什么的气息，在这种情况下，这种气息是很让人安心的。

兰迪觉得我们应该将几辆车首尾连接地停靠下来，这样车与车之间就没有空隙了。

然后我们从一辆车的储备箱里把篱笆拿了出来，打开它们。从最前面的那辆房车开始，到最后一辆房车为止，我们绕了一个半圆形的篱笆。然后兰迪意识到狗狗可以从房车下面钻出去，那里没有篱笆的阻碍。于是我们在房车后面也绕了一圈篱笆，这样就成了一整个圆形了。我很高兴我们买了这么多篱笆。

艾米特和乔步测了篱笆，以保证篱笆桩打得够深够牢固。然后有几个人就站到了篱笆外面，扶好篱笆，以保证篱笆不会被蜂拥而来的狗狗给撞倒，因为狗狗从车里放出来时必定兴奋不已。其他人就负责把狗狗从车厢里放出来，一辆车接一辆车地来。

一切都很顺利，虽然这个过程很费时间。大多数狗狗都很年老了，如果全靠它们自己的话，从车里下来会有点高，会有点困难，所以我们要帮帮它们，把它们抱出来。其他年轻的狗狗则迫不及待自己冲了出来，我们就要控制它们，让它们冷静下来，否则它们很可能会把脆弱的篱笆给弄坏。

我在离家前就喂过狗狗了，所以今晚我们不必再喂了。我们只给它们吃了点饼干，然后让它们到处走走，方便方便。

黛比在这块区域来回巡视"便便"。她是一个拿着塑料袋的天才。加入她的大部分都是女性，她们用塑料袋将自己武装起来，然后开始清扫这块地方。如果由我来完成这项任务，我不知道我能否清理得如此干净。我们离开的时候，这里就跟我们来之前的样子差不多。

然后我们开始把狗狗们重新装回车里。我马上就发现，把狗狗弄进车里要比把狗狗从车里弄出来更困难一些。我觉得这是因为重力的缘故。

我们有表格，记录着哪只去了哪里，我们也会数两遍确保把每只狗狗都数进去了。我们没有发现有哪只狗狗跑到篱笆外面去，但是我们必须确保万无一失。我对这种事情常常有些神经质，所以虽然每辆车上的人都告诉我，他们车上的狗狗都已经上车了，我还是自己又数了一遍才罢休。

数完了以后，我们把篱笆卷起来，放回原处。整个过程持续了大约一个小时，比我想象中的要稍微长一点。希望我们做多了以后会熟练起来，提高速度。否则，这个漫长的旅途将变会变得更加漫长。

我们在琼市的一个加油站停了一下，每辆车加好油要花150美元，对此我们感到很震惊。这可不是什么好事情，我们才刚离开家门呢。虽然我数学很好，但我不想算出我们到达缅因州一共要花掉多少钱。我已经够沮丧的了。

即使我们能够负担得起去缅因州的油费，到达的时候我们也不会成为一个更好的团队。这一点在此时变得很明显：我们之中的人类成员一看到加油站附属的便利店，就迫不及待地奔了过去。

所有人出来的时候都拿着热狗、薯条、玉米片以及几乎所有种类的不健康食品。很显然，我买的冷三明治和水果并不受欢迎。

黛比是个明显的例外。她退休后体重减了很多，这归功于她勤于锻炼，而且是减肥中心的成员。她甚至还查了我们此行途中是否有减肥中心会议，但她知道参加这样的会议一定会大大减慢我们的速度。

我们离开了琼市，在10点30分的时候重新上了路。所有人都已经感到疲惫了。肾上腺素越来越少，而辛苦的工作才即将开始。

我们开始互相发送邮件，决定是否要坚持执行我们在夜晚行车的计划，还是停下来睡个觉。我们没有马上做决定，但我预感停车睡觉会胜出，而且似乎也应该这样。在疲劳的情况下继续赶路的弊端要大于遵循原计划的好处。而且这个计划原本也制订得十分武断。

马上我就发觉自己有了一种前所未有的感受。我在到达维加斯之前就看到了维加斯。地平线就在远处，如同海市蜃楼。有一家旅馆的名字也叫海市蜃楼。要是能抱着我的藏獒旺达大摇大摆走进海市蜃楼酒店，或者永利酒店，或者曼德拉海湾酒店和赌场，叫我干什么我都愿意。但是，唉，这是不可能的。

路过维加斯一小时后，我们在一个爱心休息站后面的一大块空地上停下了车，然后再次把狗狗放了出来。这只是我们第二次做这件事，但我们已经十分厌烦了。每个人似乎都成了啦啦队员。但幸运的是，这一次我们的速度快了一些，大概是因为我们对过程更加熟悉了吧。

一部分人再次去了爱心小镇的便利店购买垃圾食品，并告诉我们那儿有浴室，我们可以在早上租用。这是个好消息，因为我们在房车上没办法洗澡，房车太小了，用来洗澡是不可能的。而且在车上洗澡可能会没水，再加上车厢动荡，也许你洗到一半就被全身赤裸地甩到了驾驶室。我倒是很想看看艾米特一丝不挂地在车厢里摔来摔去的样子。

当时天色已晚，而且多云，我们很担心狗狗会从篱笆中钻出去而没有人看到。但狗狗一回到车里，我们就开始积极数数，每只狗狗都在。

对于要不要待在那儿睡几个小时，我们出现了分歧。我觉得可以接受。很显然，我们是不可能按照原计划来进行此次旅行了，反正我本来也没对那个计划抱有多大信心。我们可以等一两天，然后想一个更好的主意，然后我再打电话给那一头的简易旅馆，告诉他们我们预计到达的时间。

于是我们在车厢里找好床和沙发，大部分之前都被狗狗占领了，然后睡上几个小时，虽然不是一整晚。当时大概是凌晨1点，我开了5点的闹钟，5点的时候我把大家都叫醒了。在家的时候狗狗一般是5点30分醒来，但在这种情况下，它们似乎没有这个意思。

埃里克和尼克想在睡觉前散个步，在我和艾米特打盹的时候他们俩离开了。

然后天下起了暴雨。

班吉

当我去奥兰治县的兽医那里日常拜访时,诊所经理朱莉过来找我。她告诉我有个人把狗狗遗弃在诊所,不想再要它了。这是一只四岁的伯恩山犬,名叫班吉。她知道我和黛比十分喜欢伯恩山犬,就想问问我们愿不愿意收养它。

她偷偷告诉我,这只狗狗已经在这里六个星期了,拥有这家诊所的凯利医生告诉她让她不要告诉我们这件事。他不想占我们的便宜,也不想让我们觉得有义务这样做而无法推辞。她是最终忍不住了才告诉我的。

我到后面去看班吉。这绝对不是什么伯恩山犬。我不知道它是什么种类的狗狗——也许是牧羊犬、拉布拉多犬和罗特韦尔犬的混血——但它绝对漂亮。

当我走进去看它的时候,它正和其他狗狗躺在一起,更像是在颤抖。我凑过去拍拍它,它就尿了一地。这只狗狗很害怕。我走回了接待区,朱莉在那儿等我,她笑了。她跟我坦白她撒谎了，正如我已经发现的那样，这根本不是一只伯恩山犬，她之所以这样做，是因为我一旦看到班吉，就无法扔下它不管了。十五分钟后，班吉就在我的车上了。把它弄到车里不是件简单的事情，因为班吉很害怕。

要我说，让班吉改头换面，大概花了48个小时。它十分热爱我们家，并和一只名叫奥蒂斯的狗狗玩得很好。它们两个在我们家都算是年轻的狗狗，所以它们常常活蹦乱跳地互相摔跤。如果班吉去了动物美容师那儿，奥蒂斯就会嚎叫起来，直到班吉回家为止。

过了几个月，班吉仍然有些担惊受怕，但现在它已经成了一只温柔有爱的狗狗，各方面都很优秀。它很适应缅因州的生活，它喜欢在雪中的森林里奔跑。

最近我和它聊了一下它离开兽医诊所后所取得的巨大进步，但是它装作什么都想不起来的样子。

严肃的吃货——藏獒旺达

我之前提到过,我最喜欢做签售的地方之一是休斯敦。那儿的金色救援组织是救援组织的楷模,当地那家名叫"被神秘小说谋杀"的书店也特别好。我在那儿的时候,他们就会联合起来组织很棒的活动。

我出门在外的时候,总忍不住觉得有些愧对黛比,让她一个人在家照顾那么多狗狗。给它们喂食、打扫卫生、抚摸它们、带它们去诊所……这绝对是需要至少两个人才能完成的工作。我频繁地跟黛比联系,她都快疯掉了。我问她有没有问题,我知道没有什么问题是黛比不能解决的,但我还是想知道她那里发生了什么。

这次去休斯敦,正当我开车离开旅馆去参加活动时,我收到黛比的一封邮件,她告诉我一个坏消息。东谷收容所打来电话告诉她,那天下午有一只十岁的金毛要被处以安乐死,除非她能及时赶到那里收养它。

表面看来这并没有什么问题。虽然我们一直在说要减少家里狗狗的数量，但我们似乎从来没有付出行动。况且我们也不会对一只年老的金毛猎犬说不。

这件事之所以这么恐怖，是因为黛比要去一家收容所。

一家糟糕的收容所。

她只身一人，没有我在身边控制她的情绪。

在我脑海中，我似乎可以看见她走进收容所，然后说："我要带走你和你和你和你……啊，管他呢，还有你。"

我刚到活动现场，就收到了下一封邮件。黛比说这只金毛猎犬的毛乱糟糟的，但它十分漂亮。它已经被切除了卵巢，这意味着黛比可以马上就把它带走，然后带到我们的兽医那儿去做检查、洗澡。黛比给它取名为玛米。

她接着说，那儿有一只十一岁的博德牧羊犬混血"让人无法割舍"。她没有说她要带走第二只狗，但我觉得她99%会带走它。甚至是99.9%。

十分钟后又来了一封邮件。她说有一只十二岁的拉布拉多犬混血看起来"简直就跟沃尔多是一个模子里刻出来的"。沃尔多是不久之前去世的一只黑色拉布拉多犬。它是一只惹人喜爱的狗狗，最大的特点就是几英里之外都可以听到它的打呼声。再一次，黛比没有说她会带走它，但是结果是毫无疑问的。

"我们真的不需要更多的狗狗了。"我回道。她回复我说："我完全同意你。我就带走这3只。"

就在我要开始演讲之前，我收到了那天的最后一封邮件。邮件很短，开门见山："这儿有一只105磅的藏獒，看上去很憔悴，但还是很棒，我给它取名叫旺达。"

黛比没有说她要带走它，但我无法想象她会抛下一只"憔悴但还是很棒的"藏獒就离开了那儿，再加上我们一直都想要一只藏獒，而且给一只收容所里的狗狗取了名字却不将它带走是件很愚蠢的事情。

于是旺达和其他3只狗狗就加入了我们的"小"家庭。如果说黛比对她疯狂的狗狗救援行动有一点点尴尬或者后悔的话，那么她可装得让人一点儿也看不出来。后来她在电话里跟我解释她带走旺达的原因——如果她不带走它的话，收容所就有可能将它处以安乐死，或者被其他人领走，让它整天待在室外。

黛比说，旺达后脚着地，透过笼子用前爪拥抱了她。她解释说，这就更坚定了她带走它的想法，虽然我很肯定黛比在看到旺达的一瞬间就已经决定要带走它了。

和其他狗狗一样，我们带旺达去了兽医那儿。兽医给旺达做了检查，然后给旺达洗澡，给它捉虱子。他们数了一下，大约有400多只虱子。这充分证明了旺达遭到了多么差的待遇。更糟糕的是，旺达真的是营养不良。我可以看到它的每一根肋骨，我一直想不明白怎么会有人连狗狗都喂不饱。在我家绝对不会出现这种问题。

我们带旺达回家后，它的体重开始飙升，我都开始怀疑黛比给它喂的饼干是不是有保龄球那么大。我猜旺达的肋骨还在那儿，但肉眼已经看不见了。旺达目前的体重是165磅。

现在只有4只狗狗可以不借助任何帮助就能自己跳上我们的床。珍妮、班吉和奥蒂斯是其中之三。奥蒂斯相对来说更年轻一点，可以蹦得很高，足以跳上床。第四只狗狗就是旺达，它根本就不用跳，一抬腿就到了床上，我们的床就好像是一个小小的障碍物。

令人惊异的是，旺达在床上并不占据多大空间。它找到自己的位置，然后蜷起来。睡在它身边十分安心。我们管它叫"长城旺达"。它的鼾声很响亮，起初几个月黛比一直认为是我在打鼾。有一天我进城不在家，但鼾声依旧，我终于沉冤得雪。

晚上我们的床堪称一景。总有4到5只狗狗在上面，包括旺达和伯恩山犬伯尼。所有的狗狗都更喜欢黛比，所以它们都尽量靠近黛比睡，给了我相对宽敞的空间。

在圣莫妮卡，黛比睡的那头离窗户大概有2英尺。有一天晚上我走进去发现她睡着了，但是床上太挤了，我看到她的脚搭在了窗台上。

我们卧室里的噪声也让人难以置信。除了鼾声和挠痒痒的声音之外，还有项圈的叮当声，以及其他奇奇怪怪的声音，听起来像是身处扎伊尔的某个丛林。

我们继续来说旺达。每当喂食时间，它都会很搞笑。它的食物和其他狗狗一样多，唯一的区别就是它认为它的那一份食物只是餐前开胃小菜。一旦它吃完自己那一份——通常在15秒之内就解决了——它就开始巡逻起来。

它知道哪些狗狗是吃不完的，它就等在那里，等那只狗狗离开餐盘了，它就上前猛吃一气。吃完后就去等下一只狗狗。

旺达是个严肃认真的吃货。

同时它也是只温柔的巨型犬，它很顺从，喜欢被抚摸。它渴望与人交流。世上有多少只像旺达一样的藏獒因为体型庞大而被用作看家犬或者被锁在门外做警卫？一想到这里就觉得害怕。

旺达喜欢室内，喜欢待在床上、沙发上，或者其他任何它想待的地方。它的下半生就将在室内度过。

奥蒂斯

洛里·安布拉斯特是我的一个朋友，他是奥兰治县的一名出色的救援人员。他曾打我电话向我求助。他们的救援小组有一只三岁的牧羊犬，名叫奥蒂斯，已经被收养了三次但都以失败告终。每次领养人将它退回的时候都会抱怨，要么说它太冷淡了，要么说它太凶，要么说它太容易受惊，诸如此类。他们觉得奥蒂斯也许不适合被人领养，于是就考虑安乐死。这就是他向我们求助的原因，虽然奥蒂斯比我们以往收养的狗狗都要年轻太多。

当我去接奥蒂斯的时候，洛里说了好多它的情绪问题，包括和女性在一起就会变得极不友善，甚至会有攻击性。也许在它之前的生命中曾有女性虐待过它，但我们无从得知。

我把奥蒂斯带回了家，很显然它喜欢和其他狗狗在一块儿。黛比当时在上班，我给她打了电话，告诉她在奥蒂斯身边要小心一点，直到我们确定它是否真的有危险。黛比回家后，她安静地坐在沙发上,喝着葡萄酒。虽然她喝得很艰难,因为奥蒂斯跳上了沙发,趴在了她的腿上,而且睡着了。我告诉黛比,她绝对算不上真正的女人。

奥蒂斯交了很多朋友,它们在缅因的森林里一起摔跤、奔跑。它最好的朋友是班吉,它俩形影不离。

神经病西蒙

几年前,我们接到一个救援小组的电话,告诉我们他们遇上的大困难。圣费尔南多谷的一户人家有一只十岁的金毛猎犬混血,名叫西蒙。它从小就在他们家长大,他们很喜爱它,给了它一个温暖的家庭。

但是突然有一天,毫无先兆地,西蒙咬伤了女主人,虽然伤口不大,但造成了严重后果。他们家还有两个小孩,所以他们便当机立断,决定不能再养西蒙了,生怕会对孩子造成伤害。

但他们反应过度了。他们将西蒙带到了西谷收容所,交了出去。但他们又不想完全把它遗弃在收容所里,于是他们就通知了救援组织,如果西蒙不能通过收容所被人收养,那么他们希望救援组织能介入帮忙。

不幸的是,收容所并不是这样工作的。因为他们告诉了收容所西蒙咬过人,被咬的女主人还因此接受了治疗,收容所就不能将西蒙合法地送由他人领养,除非送到一个注册的救援组织。

通常遇到这种情况，收容所的工作流程是先收留十天，确保狗狗没有狂犬病。之后，如果没有救援组织来收养它，就会将它处以安乐死。

于是救援组织成了西蒙唯一的生存希望，而且希望很渺茫。西蒙是一只混血犬，所以纯种犬救援组织是不可能的。而接纳混血犬的几个救援组织基本上都已经收养了过多的狗狗。并且收容所里有那么多优秀的狗狗，他们为什么要把有限的空间留给一只咬人的老年狗狗呢？很显然，西蒙很难安置。

于是我们带走了西蒙。它很可爱，很友善，并没有显出任何攻击性的倾向。这并不是说它没有什么特异之处。举个例子，只要门关上了，把它和伯恩山犬伯尼分开了，它就会发狂。我们会把伯尼关在房间里喂食，防止它吃其他狗狗的食物。西蒙就会像个疯子一样在门外吠叫，直到伯尼出来，它才恢复正常。

比起黛比，西蒙似乎更喜欢我。它整天都跟着我，这让它有些与众不同。因为我们养了这么多狗狗，几乎所有的狗狗都更喜欢黛比。它最喜欢的地方是我办公室的椅子。我在用电脑工作的时候它就蹲在椅子上。

有一天黛比走进办公室时，它正蹲在那儿。黛比走过去拍了拍西蒙，西蒙看见黛比进来了，所以并没有被吓到……但是黛比却被吓到了。西蒙咬伤了黛比的手臂和手。伤口缝了12针。

我很不情愿地决定：我们要将西蒙处以安乐死。我们无法承受这样的生命危险。我联系了它之前的家庭，他们有时候也会过来看看它。他们没有反对，虽然他们很爱西蒙，但是他们觉得我们应该这样做。

唯一不同意这样做的人是黛比。西蒙散发出一种温柔友善的气息（在它不咬人的时候），她不舍得将它置于死地。我们只要再小心一点就好了。

一直以来我们都很小心。在我写这本书的时候，距离西蒙上次咬伤黛比已经两年了，期间没有出过别的事。这真是个惊喜，因为不管按照什么标准，西蒙都要比以前更加神经质。

比如说，在我们缅因州的家里，通往二楼有个楼梯，楼梯上有扶手。每当有狗狗开始吠叫，西蒙都会跑上楼梯，而伯尼则会跑到一楼的扶手处，然后它们就会相互疯狂吠叫，宣泄愤怒的同时，又不忘抓紧扶手保护自己。

我们被狗狗咬伤的次数少得惊人。我遭遇的最坏的一次是被一只名叫莎蒂的克利牧羊犬咬伤，它是我们家最早收养的狗狗之一，是只脾气很坏的母狗，它觉得自己是贵族，不会轻易被傻瓜愚弄。

它一点儿也不喜欢我，咬伤我的胳膊肘充分证明了它对我的厌恶之情。它可不仅仅是咬伤了我，它的牙齿还扎进了我的手肘，当我痛得抬起手臂时，它还不肯松嘴，结果我将它从地上拽了起来。

即使是那样，伤口也没有特别严重。我甚至都没有去看医生。但这也造成了一个问题，因为这样的话，我就无法从黛比那里取得许多同情。

那天晚上她出差回来，我去机场接她。我并没有那么痛，但我觉得用绷带吊着手臂能更好地表现出我所经受的创伤和痛苦。于是我自制了一个悬带，然后戴上它去见黛比。

这当然是黛比最先注意到的。她问我发生了什么，她的声音透露出真挚的关心。

"莎蒂咬了我。"我说，"它把牙齿扎进了我的手肘，我把它从地上拖了起来。"

"你对它做了什么？"

"什么都没做。"我说，希望黛比能表扬我的自我克制。

"不，我是说你做了什么它才会来咬你？"

就这样……真相大白。黛比在我和莎蒂之间选择了莎蒂。她站在了凶手那一边。

我很想说这样的事情只发生过一次。但是，唉，这本书可不是小说。在黛比眼中，狗狗是不会错的。

如果狗狗从我的桌上拿走一样东西然后开始嚼，那么在她看来，是因为我把东西放得太靠近桌子边缘了。

有一只狗狗在地板上尿尿？一定是因为膀胱感染了。

吠叫声太大或者经常在叫？一定是因为外面有只野生动物。

西蒙咬了她一口让她缝了12针？是因为她把西蒙吓坏了，所以它咬人是出于自我保护，这合情合理。

总而言之，要是我搞砸了，我是不会得到这些同情与理解的。

即使是在我吊着绷带的时候。

大暴雨

我意识到的第一件事就是奥蒂斯在踱步。奥蒂斯是一只90磅重的牧羊犬混血。我注意到它并不是因为它发出了噪声,而是因为它正好在我的胸口上踱步。

虽然它之前也一直很吵闹,但这次我是听不到的,因为紧接着就雷声轰鸣,没有什么声音能盖过雷声了。而闪电每隔四五秒就将整个世界变得如同白昼。窗外的景象就像是CNN电视台在报道巴格达"震撼与惊惧"的袭击,就是少了伯尼·肖的报道。

请记住我们的狗狗都是来自加利福尼亚南部的,所以基本上它们根本不知道电闪雷鸣是怎么回事。我自己也20年没有经历暴风雨了,而且很可能这辈子都没有经历过这么严重的暴风雨。我当然更不曾在维加斯经历过暴风雨,因为赌场里面从不下雨。

讽刺的是,我们之前说过想要离开加利福尼亚向东行的原因之一就是觉得加利福尼亚的气候太单一，连暴风雨都没有。我喜欢暴风雨，一直都很喜欢。我小时候在新泽西州的帕特森长大，经常坐在前门的门廊上，看瓢泼大雨在地上飞溅起来，这是我对暴风雨的美好回忆。但这一次的暴风雨，来得真不是时候。

外面的声音越来越小了，想睡着根本不可能。我最终认识到暴风雨将与我们为邻。在雷声暂停的间隙，我可以断定我们的狗狗在吠叫。虽然比起雷声，它们就像是西蒙和加芬克尔在那里唱"寂静之声"。

事实上，狗狗并没有我预想的那样会变得很疯狂。奥蒂斯继续在我胸前踱步，我把它挪到了地板上。西蒙看上去有些焦躁不安，但它还不至于想咬人。班吉在窗前，正在努力想办法弄清楚到底发生了什么。

我依然躺在板凳上，没有爬起来，这点动静别想妨碍到我。其实我还觉得挺舒服的。直觉告诉我，此次旅行中我还会经历许许多多这样的时刻。

艾米特很显然被暴风雨吵醒了。他向我吼道，埃里克和尼克还没有回来。他最后一次看到他们的时候，他们正躺在草地上，很显然他们更喜欢露天睡，周围没有任何狗狗的骚扰。但这都是暴风雨之前的事了。

我很担心他们，就开始思考如何是好。我可以待在车里，舒舒服服地裹着毯子，什么也不做，或者我也可以走出去，在夸张的暴风雨中试图寻找他们的身影。

没脑子的人才会那么做呢。

我艰难地为自己想了开脱的理由，因为只有两种可能的情况。既然埃里克和尼克没有砸门让我们放他们进来，那么他们要么是活着找到避雨的地方了，要么是被雷劈死了。如果他们找到了避雨的地方，那么他们一切安好；如果他们被雷劈了，那么他们就死了。无论如何，反正我什么也做不了。

第三种可能性是极小的——他们被雷劈了但仍然活着。正如人们所说的那样，被雷劈中的可能性要比被雷劈死的可能性大得多。但我也不像是接受过雷击心肺复苏训练的人。就算我找到了他们，我能做什么呢？我好像在哪儿看到过，对于雷击受害者，最好的办法就是让他们在雨中睡去。

更何况，像我这样一个无私的人，必须要考虑事情的后果。万一我发生什么不测，这些需要我照顾的狗狗该怎么办？万一我出去了然后自己也被雷劈了怎么办？谁来当这次旅行的领导者？谁来照顾这些深爱我的狗狗？为了大家的利益，我必须要好好活着。

很显然，这次危机中我扮演不了什么重要角色。

黛比打电话过来问我们是否安好。我告诉她我们很好，狗狗也很好。她说她那边的狗狗十分镇定，她要给另外一辆车上的人打电话，确保安全。

我犯了个错误，我把埃里克和尼克在外面这件事告诉了她，她问："你难道不应该确保他们的安全吗？"

"我确定他们很好。"我说。

"在暴风雨中？"

"也没有那么糟糕。实际上这暴风雨没有听起来那么恐怖。"

接着，恰好在这个时候，房车的门开了，埃里克和尼克走了进来，淋成了落汤鸡，但并没出什么事。当然，此时黛比并没有意识到这件事，所以我对她说："我要去外面找他们了。我才不担心我个人的安危呢。我对这个队伍中的每一名成员都有责任。"

我挂掉电话，然后对埃里克和尼克说："欢迎回来。你们还好吧？"

"外面雨下得超级大。"埃里克说。

"真的吗？我都没有注意到。"

暴风雨又下了至少半个小时。我觉得我们似乎是停在了一个泥地上，我担心明早醒来就会发现自己陷进了泥潭里。但这种担心害怕并不足以让我起身去外面看看，没有一种担心会强烈到这种程度。

当然，不管这片土地如何泥泞、如何糟糕，我们还是要在这儿遛狗。我们没有水管来把狗狗洗干净，即使有水管，也没有足够的水。

我的闹钟响了。五分钟后我起来，然后叫醒了大家。狗狗们起得很慢，但是我们人类似乎很渴望走出去。地面并不是很糟糕，我猜这片区域应该很需要雨水灌溉。我们搭起了迷你狗狗公园，然后将狗狗放了出来。我们越来越熟练了，每个人都知道自己的任务是什么，一切井然有序。

大部分人都说自己睡着了，这让人很震惊。每个人都有趣事要分享，不外乎醒来时发现狗狗趴在他们脸上之类的。辛迪·弗洛勒斯抢着说她是怎样睡觉的：人躺在板凳上，脚搭在装着肉丸的冷却箱上。

到了第一次给狗狗喂食的时间了。我从储藏区拿出了一大袋食物，把食物分装在25个碟子里。在家的时候我们常常会在干粮上加一些湿润的食物，这样味道更好。但是在这次旅途中我不打算这么做。这会浪费很多时间，而且会带来许多麻烦：洗碟子，开罐子，等等。我在避免麻烦这方面可是个专家。

狗狗几乎没吃什么。当然除了旺达，这也是个意外。在这样有压力的情况下，新环境和新同伴会让狗狗食欲降低。每次我们新带来一只狗狗都会遇见这样的情况。有时候，24小时之后它们才会恢复食欲。

我知道我们已经远远落在计划后面了，但我真的没有办法来做出精确的判断。我们必须马上想办法，因为我们在缅因州已经订好了旅馆，更重要的是，除了旅馆，还有他们回家的班机。我们本来预计是在下周四到达，所以飞机是订的星期五的。但我觉得我们星期四到不了。

我们得知了一个坏消息，爱心休息站在暴风雨中遭遇了停电，所以我们还是不能洗澡。对于那天来说，这并不是什么灾难，因为我们已经在暴雨中淋过一次浴了。但要是事情一直这样下去，就会让人很不开心了。

我们出发了。驾驶员还是艾米特、兰迪和乔。到现在为止，就他们三个是驾驶员，他们觉得没什么问题。我猜是因为他们看了我们其他人之后，决定还是宁愿疲劳驾驶，也不愿意和我们一起冒生命危险。

乔说藏獒旺达坚持要和他一起爬到驾驶员的座位上。他坚持要将旺达转移到我们的房车上。乔和特里完全是那种随大流的老好人。事实上，我们整个小组成员都属于这种人。

我们第一次停车是为了加油。那个时候我们花在汽油上的钱相当于乌拉圭的国内生产总值。我们一直在用黛比的信用卡，有两次信用卡公司终止了该信用卡的使用，认为是有人偷了卡而且经常在刷。每次黛比都要打电话去解释，每次对方都会哈哈大笑，并表示惊讶。有一次，信用卡公司接电话的那个人不是很机灵，当黛比告诉他，我们要从加利福尼亚前往缅因州，他竟然认为我们是在跨国旅行，要把电话转到跨国部门去。

当然，每次我们一停下，狗狗就想从车上下来。车在行驶的时候狗狗比较安分，但是一旦停下来，它们就想跑出来。这次我们没让它们下来，因为刚刚才带它们散步过。要是下来的话，就意味着我们要再多花45分钟。对于这个决定，狗狗很不满，尤其是班吉，它大声吠叫着表达反对。

班吉一叫，所有的狗狗都开始叫起来了。加油站的其他顾客都朝我们窗户里张望，想知道究竟发生了什么。有陌生人看着，狗狗就更疯狂了。吠叫声越来越响，看的人越来越多，就这样恶性循环下去……

我希望在这些人中没有当地动物管理局的工作人员。实际上，我担心的是会不会有人觉得我们在虐待狗狗，或者非法运输狗狗，然后给动物管理局打电话。于是我们耐心地向他们解释我们的情况，大多数人买了我们的账，相信了我们的故事。

我倒是希望他们能为我们的油费付账。

大狗萨拉

我们从不同的地方拯救了成千上万只狗狗，但只有一只狗狗是来自宠物店的。那就是伯恩山犬萨拉。

我说这句话的时候觉得有些尴尬。因为在我眼中，宠物店得来的狗狗，一只也嫌太多。这样做会促进幼犬繁殖场的规模扩展和持续运营，没有哪个狗狗爱好者会这么做。虽然我这么说，但我从不后悔我们收留了萨拉。

当时，黛比和一个朋友在商场购物，她的朋友想在宠物店买点东西。黛比就和她一起去了。然后就发现这是一间贩卖狗狗的商店。有一只狗狗吸引了她的眼球：一只伯恩山犬。根据笼子上的信息，它才5个月大。

它并不是那种特别漂亮的伯恩山犬，一点都不漂亮，它已经在这家商店里的同一个笼子里待了两个多月了。那个时候，这个笼子对它来说已经太小了。它连站起来或者转身的空间都没有。

这种情形看上去并不会在短期内改变。附近的笼子都装着体型更小、更年轻、更可爱的狗狗。几乎没有人一进门来就会看中萨拉。人们不是这样买狗狗的。

黛比和店主进行了一番交谈，店主也承认了这个悲伤的现实。店主正准备把萨拉送到饲养员那儿去，把钱换回来，要是这样的话，萨拉就不知道会面临怎样的命运，也许将会十分悲惨。

于是黛比和店主协商了一个价格，从这个价格可以看出，这完全是迫于当时情形，而不是要鼓励贩卖狗狗这种行为。黛比把萨拉带回了家，从那以后，萨拉总是在微笑，如果你发现萨拉有一天或者某一瞬间没在微笑，那你一定是搞错了。

萨拉现在九岁了，对于一只伯恩山犬来说已经算得上是高龄了。但它依然活泼好动，像只小狗狗似的。在家里，它总是带头吠叫，不管导火线是什么，它总是第一个注意到，然后开始吠叫，接着其他狗狗就跟着叫起来。

萨拉患有严重的关节炎，还有两个无法动手术的肿瘤，最终会导致死亡。但现在，萨拉看上去每天都很开心，它热爱生活，这对我们来说已经足够了。

狗吠，天啊，狗吠

我们的大多数狗狗年龄都很大了，一天中的大部分时间它们都在睡觉。我经常说我们家里面看上去像内战战场，当枪支熄火、战斗结束时就充满了诡异的寂静，到处都是尸体。

但要是联邦快递突然出现，或者园丁在外面，狗狗就会一跃而起，听起来像是已经开始一场猎狐行动。

一般人觉得没什么关系的事情，会让我们感到局促不安。举个例子，达美乐披萨的广告永远都是以送货员的门铃声开始的。广告也许只有30秒，但是这个门铃在狗狗中产生的反响远远不止30秒。即使当我离家身处纽约的一个旅馆，要是我在电视上看到这种广告，我就会本能地、不由自主地抱住自己，害怕被一大波声浪袭击。

狗狗突然吠叫起来的声音绝对震耳欲聋，而且经常是在不恰当的时候爆发。通常会在早上5点30分的时候爆发一次，告诉我们狗狗觉得是时候起床了。当夏令时节来临，时钟拨快一小时，人们就可以在晚上多享受一小时的睡眠时间，但这对我们来说却是不可能的。因为狗狗只听从自己的生物钟。

黛比的工作需要在加州时间6点的时候给纽约打一些商务电话。原计划打五分钟的电话可能只打了三分钟，然后狗狗的吠叫声就爆发了，好长一段时间都无法正常通话。

纽约那头的人显然觉得这十分搞笑，他们后来笑着告诉我们，他们会开免提，然后所有人都会聚集过来，听着这疯狂的狗叫声，大笑不已。

我们从来没觉得这有什么好笑的。

我常常有机会被全国各地的电视台、电台做直播采访，讲讲我的书。在我做采访时候，没有狗叫的次数屈指可数。

有一次我接受了巴尔的摩电台的采访，我一开始就跟主持人说明并致歉（就像我一直做的那样），告诉她在采访过程中可能会爆发一阵狗叫。

采访快结束了，神奇的是狗狗竟然一声都没吭。显然，那只负责提醒其他狗狗"那儿有个需要被破坏的采访"的狗狗竟然不尽职地睡着了。所以在我们快要停止广播时，主持人颇为得意地指出我的担心是多余的，连一声狗叫声都没听到。她甚至还开玩笑地问我到底有没有说实话。

我让她等几秒钟，然后走过去打开前门，靠过去按响了门铃，屋里立马就爆发了吠叫声，而且越来越强。我把听筒对着狗叫声，过了一会儿往听筒里吼道："你现在觉得呢？"然后挂断了电话。

一旦在采访途中我觉得狗狗要开始叫起来了，我就躲进房间关上门。虽然世上还没有发明出一种门，可以隔离我们狗狗的吠叫声，但这还是有点儿帮助的。

有一次我在接受西雅图电台采访的时候，我正躲在关上门的房间里躲避噪声。但噪声并没有减弱多少，于是我就把自己关进了那个房间的衣柜里，然后关上衣柜的门。啊，我就这样，在一个夜晚，蹲在黑黢黢的衣柜里，和西雅图电台的主持人对话。我觉得自己挺有汤姆·汉克斯的范儿。

我告诉主持人我当时的处境，他一想到我躲在衣柜里的情形就忍不住笑了。我告诉他，等到狗狗的吠叫声轻一点了，他就可以告知观众，有一位作家刚刚"出柜"了，还是现场直播的。

但那时我们住在圣莫妮卡，每年最糟糕的日子就是万圣节。我们社区住的很多家庭都有小孩。

在万圣节期间"不招待就使坏"的小孩。

来按门铃的小孩。

于是我们就会封住房子的后半部分，黛比把所有的狗狗都带到后面去。我就开着前门，在门廊上摆一张椅子，拿着一包准备好要分发的糖果,坐在那只椅子上。

这样做有好处也有坏处。好处是,这样一来,就防止了那些小魔王来按门铃;坏处是,这让我看起来像个傻子。

不过,这算不上什么惨痛的代价。

综上所述,自从养了这么多狗狗,我成了一个快乐、有爱的人。虽然对某些讨厌的事物我还是爱不起来。

比如电视广告。

比如联邦快递司机。

比如园丁。

比如邮差。

比如小孩。

比如工人。

比如烟火。

比如访客。

比如社区里的其他动物。

比如打雷。

比如门铃。

门铃最讨厌了。

诺埃尔和卡拉尼

诺埃尔和卡拉尼是我们在一周之内收养的两只狗狗。卡拉尼在收容所就已经有这个名字了，但是诺埃尔没有。因为我们是在圣诞节前一周收养它们的，黛比就给它起名为诺埃尔（圣诞老人的名字）。要是我们是在光明节的前一周领养它的话，也许黛比就会管它叫摩西。

诺埃尔和卡拉尼在长相和性格上都很相似。它们的毛色都是浅浅的，体型都是小小的，虽然诺埃尔更小一点。卡拉尼应该要减减肥了。似乎它和我都需要一个私人教练。

卡拉尼最近新发现了一个用来睡觉的地方——贵妃椅。一般人都会觉得这是给人睡觉的地方。它甚至还学会了靠在椅背上，这样它就能让椅子往后靠，腾出更多的空间来睡觉了。

诺埃尔喜欢在我办公室的柜子里或者我书桌后的一小块区域里活动。它十分可爱善良，甚至不会伤害一只苍蝇。但我得说，它确实不擅长在室外大小便。

和我们家的其他狗狗一样，诺埃尔和卡拉尼都很安全，被我们珍爱着。我们能做的，能付出的就是这些。它们想用怎样的方式度过它们的时间是它们的事情，我们从不会企图影响它们。如果它们不想和其他狗狗一起玩、想睡个几天几夜，没问题；如果它们想摔跤、玩耍、奔来跑去，也没问题。

我们所有的狗狗过去都曾经历过巨大的压力。自从到了我们这里，就过上了平静的生活。

Woofabago

有一次我打开黑莓,发现我收到了114封新邮件。我大概只有四个朋友,而且他们也并没有爱我爱到那么疯狂的地步,所以我觉得这事儿不寻常。我只有在刚出一本书的时候才会收到一大堆邮件,都是我要求读者给我发回的反馈。但最近几个月我没有出新书。

于是我开始阅读这些邮件,发现大多数来自我的读者,他们都是脸谱网上一个与我们此次历险有关的名叫"Woofabago"的账号的关注者。看看他们在脸谱网上发的帖子,似乎所有人,包括此行的参与者和关注者,都很开心。

在一定程度上,我表示理解。如果我在家,一边看着足球赛,一边喝着啤酒,偶尔刷刷脸谱网,我也能度过一段愉快的时光。最棒的一点是我会不停地提醒自己,我是在家,而不是带着25只狗乘坐旅行房车穿越全国旅行。

出发的第一天清晨,我们的队伍发布了一条特别的帖子:

"耶！我们得了500个'赞'啦……我们Woofabago冒险队的全体25名成员摇着尾巴给你们敬礼！欢迎成为我们'欢乐神经病队'的荣誉队员！"

哎哟！

最糟糕的是，脸谱网上放了许多此次旅行的图片，其中有很多我的照片。我想象着社交网络上人们炸开锅一样讨论这个养了这么多狗狗的白头发胖男人。之前我要是知道有人在拍照，我肯定连大气都不敢出。

在下一站，我到处打听，发现我们在脸谱网上的账号负责人是辛迪·斯博德克·迪基。这就说得通了。她是科技行业的管理人员，实际上她和黛比相识的时候是在微软公司工作。她们一起为塔可钟和微软游戏机做的推销十分成功。

辛迪是个非常积极向上的人，这使得她成了我的天敌。她在社交网站上混得像在自己家一样舒适自在，而我只有真的在自己家的时候才会那样舒适自在。

但是她发帖的时候并没有署上自己的大名。由于我是此次行动的傀儡领袖，人们自然而然地认为这些都是我发的。很显然他们根本不了解我。要是他们了解我的话，就会知道我发的帖子不可能没有牢骚和抱怨。

我只有在乐观之神附身的时候才会写上"摇着尾巴敬礼"这

几个字。

但因为这些帖子大受好评,所以我立马发了一条帖子来为大家解除疑惑,这也是我在脸谱网上发的第一条帖子。我向辛迪表达了谢意,感谢她把这事儿告诉了全美国,然后我明确地告诉大家我没有参与之前的发帖子活动。我不想让人误以为我很享受这个过程,因为要是我在中途自杀的话,大家一定会很困惑的。

"真可惜,"他们肯定会说,"他看上去很享受这个过程呢。"

但我那时还没时间担心这个,那时候正好是换驾驶员的时候。一直是艾米特、乔和兰迪在驾驶,即使他们自己不愿承认,但他们真的需要休息。于是我告诉艾米特,到了下个加油站就由我来驾驶,我也确实这么做了。

正当我们准备上路时,艾米特走进车来,坐在乘客席上。他跟我说黛比和辛迪会负责驾驶我们后面的两辆车。由于这是她们俩第一次驾驶这种类型的车,我们需要开得慢一点、仔细一点。

他告诉我速度不能超过50码,而且要一直在右车道行驶。这和我们之前的行驶速度相比少了整整20码,但是艾米特说,当黛比和辛迪习惯以后,我们可以加速。

我照着艾米特说的做了,虽然我们的速度简直跟爬行差不多。照这个速度，我们到达缅因州的时候都可以赶上"超级碗"大赛了。

当我们再次停下遛狗的时候，黛比跑过来问我："怎么回事？"

"你什么意思？"

"你们是踩着紧急刹车驾驶的吗？"

"艾米特觉得你和辛迪第一次开旅行房车，所以我们应该开慢点。"我说。

她点了点头，"这样的话还情有可原——但也不是非常情有可原——要是真的是我和辛迪在驾驶的话。但其实驾驶员一直是乔和兰迪。"

我把这个消息告诉了艾米特，事实证明他之前并没有对我说实话。换句话说，他撒了个弥天大谎。

很显然，艾米特有很强的自卫本能，他觉得要是我开车的速度很快的话，他就会有生命危险。他这个想法还是有点儿符合逻辑的。

但我再次握住了方向盘，这一次真的是黛比和辛迪在驾驶了。我没有意识到我们正要开过落基山脉，这意味着路上会有很多曲折的转弯，有时候我们好像离高高的悬崖只有一步之遥了；还有很多小山峰，落基山脉就是如此。

由于是在夜间行驶，所以有点吓人，但还不足以让我退缩。要不是我在驾驶这辆奇怪的巨型交通工具，我根本一点儿都不会害怕。

黛比却不这么想。从那以后，当她说起这一段，你可能会觉得当时我们正十指抓紧悬崖，挂在高空，身后还有印第安领袖杰罗尼莫和他的士兵在追杀我们。

这么多弯弯绕绕，使得我的驾驶速度接近于艾米特建议的速度，所以他似乎很满意。我不会说他十分满意，因为每隔30到40秒，他都问我要不要换他开。

我们停车吃了顿很晚的晚饭，是玛丽·琳恩的儿子提前准备好的通心粉和肉丸。玛丽·琳恩和辛迪加热食物时，狗狗正在我们搭建好的篱笆区域里走来走去。我们好像已经搭了100次篱笆了。我们就这样站在一个到处都是狗屎的地方，手里拿着纸盘子，吃着通心粉和肉丸。你要是没有过这样的经历，你就不算真正活过。当然，当时天已经完全黑了，所以根本看不见狗屎，这就让踏出的每一步都成为冒险，也成为禁忌。

这顿饭其实很美味，而且也是个不错的改变。对我来说，我不用再吃自己买的冷冻三明治和水果了；对大家来说，他们不用再吃狂扫便利店得来的垃圾食物了。你要是看到大家是怎么对待我准备的食物的话，可能会觉得我在离开之前在上面撒了杀虫剂。

　　大家都很累，一来是旅途艰辛，二来是大家在维加斯的暴雨中没有睡好觉。我们在开车的时候，没多少人能睡得着，可能原因有两个，一是周围充满了交通噪音，二是狗狗会舔他们的脸。

　　于是我们一致同意考虑一下晚上的住宿问题，决定到达下一个加油站时做出决定。

　　看看我们消耗汽油的情况，我估计再过4分钟我们就得去下一个加油站了。

弗兰克

　　当时我在凤凰城的毒笔书店做演讲（我差不多每次出新书都会做演讲），弗兰克踱着步子走了进来，于是我就不再是这间屋子里注目的焦点了。

　　看到它我并不惊讶。救援小组之前已经告诉我他们要带弗兰克来了。我已经安排好要带它回家——准备开车，而不是坐飞机回加利福尼亚。它的样子和他们描述的一模一样——憔悴、苍老、脸色苍白——走起路来像拉着一辆四轮马车。它很完美。它被人带到前面来，途中不得不经受人们对它的疯狂抚摸。

　　救援队的人实际上让我以为弗兰克的身体状况要比真实情况还差。但我们给它吃了止疼药来治关节炎并给它安排特定饮食来治疗胃病后，它基本上就没什么问题了。

　　弗兰克和我们在一起的时光没有什么不寻常的地方。它是一只充满了深情和爱意的金毛猎犬，从来没给我惹过麻烦。在我们开始这次旅行时,它的行动速度已经非常缓慢了,但是它成功地和我们一起到达了目的地。

  我们搬到缅因州大约六个月之后,弗兰克去世了。我可以确定地告诉你,弗兰克生命中最后的岁月过得很快乐。

最后我的职业与狗有关

我的电影营销事业几乎和动物没什么关系，不管是狗狗还是其他动物。我为《狗侦探》这部电影做过广告，但好像也没什么结果。

在我电影事业的早期，我在一家代理机构工作，这家机构参与了米高梅电影公司的广告宣传，广告是关于一部星期六午后场电影《小鹿奇奇》的发行。我的客户对于米高梅公司的午后场家庭电影系列可以说爱到了匪夷所思的地步，《小鹿奇奇》只是个开始。我这样说没有褒贬的意思。

我们制作的广告有这样一个画面：一个男孩抱着一只小鹿。但小鹿占的地方太大了，画面都没有空间了。我想出了一个让它变小的办法，于是骄傲地提议："把这只狗剪裁一下，不用把动物的整个身体都显示出来。"毋庸置疑，这位客户对我的提议不是很满意，因为我把他喜爱的电影里的小鹿当成了一只狗。

我的营销事业唯一和动物有关的就是《子熊故事》。这对于我们公司来说是个收获，也就是说这部电影是独立制作的，然后我们买来发行。

《子熊故事》是由才华横溢的导演——让-雅克·阿诺执导的，影片很有趣味性。整部电影，屏幕几乎都被两只熊给占领了，根据我的回忆，唯一的人类是两个猎人，即使出现也很短暂，也几乎没有任何对话。

包括我在内的六个经理坐协和式超音速飞机到达巴黎，第一次观看我们买下的这部电影。我们和阿诺先生一起挤在一间小屋子里，他用电影剪辑机给我们放映了这部电影三个小时的版本。如果你太年轻，不知道电影剪辑机是什么东西，让我来告诉你，它是一个可以放映电影的机器，上面有个很小的屏幕。导演用它来做实验，做剪辑，把影像拼接在一起。这东西十分古老。

于是在巴黎的一间小屋子里，我们就这样站在这个小机器前，然后阿诺告诉我们声音还没有弄好，所以我们只能看无声电影了。但是不用担心，阿诺说道，因为反正整个电影里也几乎只有熊的声音，他会站在电影剪辑机的边上模仿熊叫，让我们感受一下成片会是什么样的。

就这样，我们在巴黎，在一个小小的屏幕上看了几个小时的电影片段，与此同时一个法国人在那里模仿熊的叫声。记得我当时瞟了一眼杰夫·萨根斯基——我们公司的制片主任，我知道他和我一样，也觉得这情形实在太荒谬。

三个月后，我们在新泽西州的帕拉默斯对影片的初步剪辑进行审片。我们邀请了一些观众，并且按照标准程序，给他们分发了意见卡片，邀请他们在电影结束后写下他们的观后感。

当我和杰夫坐在影院的后面时，发生了两件不寻常的事情。首先，我们都意识到了电影里的熊叫声和我们在巴黎时听到的熊叫声是一模一样的。直到现在我还相信，成片里的每一声熊叫都是由导演自己模仿的。他肯定会否认，而且我也自然无法证明这件事，但我觉得这是真的。

第二，一位女士站起身来，走了出去。她在离开的时候看到了我和杰夫，不知怎的，她知道我们是买下这部电影的公司的经理。

电影里有一个简短的画面：一只熊趴在另一只熊身上，这大概是因为熊就是这样的吧。但是她十分生气，她说我们之前告诉她这是一部适合全家一起看的电影。然而在她眼中，这简直就是一部关于熊的色情电影！熊的正面全裸！

这真是个诡异的电影之夜。

我是到了自己写影视剧本的时候，才开始成为真正的狗狗疯狂爱好者的，我决定在我的一部电影里加入一只金毛猎犬。

这部电影叫《致命隔绝》，讲述的是在缅因州海岸、一个和一只年老的金毛猎犬一起生活的女人的故事。

在这里我没必要告诉你具体情节，这会让你感到无聊。我就告诉你，一个男人来到了这间房子，假装他是另一个人。他目的不纯，动机不良，其中包括让这个女人爱上他。

剧本中有一幕是这样的，这个女人、这个坏蛋，还有这只金毛一起泛舟海上。趁她不注意时，这个坏蛋把狗狗扔进了海里，然后纵身一跃，英勇地拯救了这只狗狗，赢得了她的感激和喜爱。

写得真棒。

不幸的是，这部电影是低成本制作的，很显然没有足够的经费去海上拍摄。于是，取而代之的是，他们就在高架桥上拍摄了，河水大概只有两个保龄球滚球槽那么宽。

不知什么原因，他们用伯恩山犬代替了金毛猎犬，这倒没什么问题。但是当那个男人把狗狗扔进了平静的水里时，狗狗竟然开始欢乐地游起泳来，于是这个男人就开始追赶它。

这可不是我最好的创意。

当我开始写安迪·卡朋特系列小说时，我给了主人公安迪一只名叫塔拉的狗狗（我从哪里得来的这个名字呢）。安迪也很热衷于狗狗救援行动，而且经营着塔拉基金会。你大概可以判断出，这和我自己的情况相差不大。

　　这一系列的小说很受欢迎，人们似乎很喜欢，而且这些书也获得了不少奖项提名。《开门不见山》甚至被珍妮特·伊万诺维奇选为"今日秀"节目中的每月一书，我们一起上了那一期节目，珍妮特十分优雅，对此书赞不绝口。

　　我已经决定要改行做点别的事情了，因为我写的书销量平平，第六本《装死》将会是我的最后一本书。

　　《装死》的情节更直接地涉及一只狗，于是出版商决定在封面上放一只金毛猎犬。结果销量一飞冲天，至少是对于我来说的一飞冲天。

　　读者开始给我发邮件，说的都是一样的话：他们喜欢这本书。但尴尬的是，他们仅仅是因为封面上的这只狗才买的这本书。我倒不是很介意，就算他们是一时鬼迷心窍买了这本书我也不会介意，只要他们买了而且喜欢它。

　　出版商对销量的飞涨感到很满意，于是就要求我再写一本"安迪"系列的小说。说服我是件轻而易举的事情。我很喜欢写这一系列的书。当我开始一本新的小说时，写人物表就好像和老朋友再次取得了联系。只要人们继续读下去，我就会继续写下去。

　　几个星期后，在我还没构思情节之前，出版商就给我送来了下一本书的书皮实物。

封面上有两只狗。

一只伯恩山犬，一只金毛猎犬。

于是我照着封面写了《新花招》。直觉告诉我海明威从来不会像这样写书。但我不在乎，只要大家买我的书就好。

从此以后，我的每一本"安迪"系列小说的封面上都会有狗狗出现，这没什么值得大惊小怪的。要是将来有一本书上面没有狗狗，我才要惊讶呢。

我疯狂地热爱狗狗，但我绝对不忍心利用它们来赚钱。

但有句老话说得好："你爱谁就会利用谁。"

珍妮

自从我开始做救援工作,似乎就开始吸引那些心烦意乱的女人的注意。在我开始做救援工作之前,我几乎没有吸引过什么女人。这次的故事说来话长。

这位特别心烦意乱的女士名叫玛丽,她家有两只狗,本和珍妮。本是一只金毛猎犬,珍妮是一只小型拉布拉多混血犬。玛丽一家还有她丈夫和两个小孩,他们不能养狗了。

他们被迫从现在的家里搬到一处公寓,那儿不允许养狗。于是他们就开始为两只狗狗寻找合适的家庭。他们想把两只狗狗安置在一起,因为它俩是好伙伴,我们完全理解这一点。

两只狗狗都很年轻,大概只有两三岁,这就给我们家增添了不少活力。虽说我们家并不缺少精力充沛的狗狗,但它们的到来还是给我们家增添了活力。

它们两个是我见过的速度最快的狗狗,接起网球来活像罗杰·费德勒。它们不仅是彼此的好朋友,也是其他狗狗的好朋友。

　　本在六岁的时候英年早逝，死于癌症。金毛猎犬容易得癌症。如果你走进一位犬类肿瘤学家的办公室，有一半的狗狗是金毛猎犬。

　　珍妮似乎永不衰老，到现在依然像当初我们刚收养它时那样活蹦乱跳。它可以跳过我们设置的任何篱笆，但是它没理由那么做。它可不是傻蛋。

　　同时，它感情丰富，丰富到了令人厌烦的地步。像大多数狗狗一样，它会走过来求抱抱，但它总是还嫌不够亲密。晚上它睡在我的枕头上，真的，很多时候我醒过来，它的舌头都在舔我的耳朵。

　　请勿模仿。

　　珍妮患有轻微的癫痫症，但是并不常发作。它会长生不老的，我没什么意见。

意外

我真不知道我们这是停在哪儿了,也许是在科罗拉多的东面。但这似乎并不重要,因为哪儿看起来都差不多。尤其那时已经是晚上十一点了。

我们停车加油,然后开了半英里,到达一片大草地,远处有高架桥,似乎围绕着整个地方。这里没什么噪音,我们可以不受人打扰,安静地遛遛狗。

由于这个地方是封闭的,而且狗狗也不在这里吃饭,我们决定不搭篱笆了,牵着皮带带它们散散步就好了。这是我们第二次这么做,所以已经很熟练了。

我们先把一辆车的狗狗从车里放出来,我给每只狗狗套上皮带,然后帮它们走下台阶,交给准备遛这只狗狗的人手里。遛狗完毕之后,我们把它们带回车厢内,然后开始准备遛下一辆车的狗狗。这样做似乎过于按部就班,小心谨慎了,或许真是这样,但这是唯一让我们觉得一切都在掌控之中的办法。

我忘记带上那种能抽紧的狗项圈了，这一点很不明智。虽然能抽紧的狗项圈听起来有点残忍，像施加惩罚一样，但其实这很适合用来遛狗。尤其是很适合我们的狗狗，它们大部分都没有戴过项圈。但既然没带这种项圈，我们就直接把皮带拴在普通的项圈上了。

玛丽·琳恩遛的是珍妮，这只体型较小的拉布拉多混血犬，浑身黑色，有几处白色斑点。它是我们养过的速度最快最灵活的狗狗，也是最聪明的一只。它的速度快得惊人，比任何我见过的狗狗都要跳得高。

突然之间，我也不知道发生了什么，玛丽·琳恩手下的珍妮不见了，它不知怎的就逃脱了。

玛丽·琳恩一声尖叫，我们回过头去的时候，珍妮连影子都没了。它以极快的速度冲入了黑暗之中，奔向半英里之外的高架桥。珍妮很快就可以跑上半英里。

于是我们花了整整一分钟努力望向黑暗，大叫："珍妮！"从高架桥上传来汽车的噪声，我觉得珍妮离我们那么远，不可能听得到我们的声音，但我们依然大声喊着它的名字。

这不是我预想的最糟的情况，但也差不多了。我不知道该怎么办。我们肯定不能把它扔下不管，然后继续欢乐的旅程。我们可能永远也见不到它了，也许任何人都再也见不到它了。

这甚至比一只狗狗生病需要住院还要糟糕。要是狗狗生病了，我们可以找一间诊所，然后把它留在那儿，等它康复以后再坐飞机回来接它。

但珍妮的消失让我们整个无法动弹。可能的应对措施也不尽如人意。我们要么把其他所有的狗狗都分到两辆房车里，然后留下一辆车和几个人来搜寻珍妮。或者我们可以留一个人在这里，找到珍妮后坐出租车跟上大部队。

所有人都受到了惊吓。此行的目的就在于保护照顾这些狗狗，虽然这并不是谁的过错（除了我忘记带可抽紧的狗项圈），当我们回想起这次旅行，可能总觉得是个悲剧性的失败。

只有一点让我们感到乐观，那就是在我们离开之前，黛比不辞辛劳地准备了所有的新项圈和新标牌给狗狗戴上，上面写着我们新的联系信息，包括我们在缅因州的住址和我的手机号。这给我们带来了小小的安慰，至少要是有人找到珍妮，知道该打谁的电话。

但那时我们什么也做不了，除了朝着珍妮逃跑的方向走去。我不知道我们会有什么收获，但是我和埃里克依然开始往前走去。其他人待在后面，照顾尚在的其他狗狗。

突然之间我看到远处有什么动静，几秒钟以后，珍妮从我们身边跑过，虽然在夜里看不清楚。它朝着它之前乘坐的那辆房车径直奔去，爪子挠着紧闭的车门，大口地喘息着，但是脸上挂着一个大大的笑容。它经历了一段奇幻的冒险，但是现在是时候回家了。

所有人都围绕着它，抚摸它，有人在它的项圈上又加了一根皮带。但这是多余的，珍妮一点也没有逃跑的意思。它回来了，不再离开。它只是想和朋友在一起。黛比打开了车门，让它进来。

这次旅行中，珍妮显然比我要享受得多。

这件事让所有人都很惊恐，也多花了我们一个多小时。我们都很疲劳，没有人想在车上再睡一晚了。于是我们利用GPS找附近的旅馆，幸运的是，距离我们6英里的地方就有好几家。

我们开车过去，到达的第一家门口没有挂有空房间的标识。如果人满了，那一定是因为廉价，这可不是四季大酒店。幸运的是，第二家旅馆条件好得多，而且有空房间，所以我们就在停车场后面停了车，我和黛比走进了办公室。

我们订了6间房，有8个人，但是乔和特里显然会住一间，埃里克和尼克也会住一间。我们计划明天一早六点集合。这样我们就有五个小时的睡眠时间，或者说，这样他们就有五个小时的睡眠时间了。艾米特、黛比和我仍然要待在房车里，因为我们不能把狗狗扔在车里不管。要是能在车里睡着那就谢天谢地了。

我最终在车里睡了几个小时，然后很不情愿地在六点起床叫大家起来。我再次惊讶地发现大家都已整装待发准备上路。他们说很期待新的一天到来，虽然这新的一天和旧的一天几乎没什么区别，反正不会是充满欢声笑语的一天。

辛迪·弗洛勒斯跟我们说，几个小时以后，她的房间才停止晃动。后来她才意识到这是因为她在房车里待的时间太长了所造成的后遗症。

我给前台付了小费，然后我们开始轮流洗澡，然后在大厅里喝咖啡。这时我们都觉得自己像个人了，然后走出去喂狗，再次上路的时候大约是七点半。

我们不可能按照原来的行程了，于是我给缅因州那边打电话，让他们把预订的房间推迟一天。达马里斯科塔湖农场那边的人一口便答应了，这让我感到很惊讶，因为我们预订了五个房间，而这家旅馆一共就只有五个房间。

然后我给那些需要坐飞机回家的人改签了飞机，我原以为改签会很麻烦，但其实一点也不困难。于是，所有的飞机票都改到了星期六。要是没有出现什么特别糟糕的情况，我们绝对可以在星期六到达。

我希望这是唯一一次我们需要做出这样的改变。至于珍妮，它已经承诺不会再惹麻烦了。

托米和蛇

飓风卡特里娜带来的灾难之一就是给新奥尔良地区的动物造成了惨重的影响。很多人被救援出来之后被告知不能带走他们的宠物。许许多多的动物死于那场暴风雨之中和之后,还有更多的动物则永远都没有机会和主人相聚了。我觉得没有人能忘得了那些令人肝肠寸断的故事。

全国各地的救援小组来到了新奥尔良提供帮助。加利福尼亚小组冲在了最前面。狗狗被带回加利福尼亚和其他州,安置到不同的家庭,对此我感到悲喜交加。

毫无疑问,这些动物都值得救援。但事实上动物救援,尤其是加利福尼亚的动物救援,是个零和游戏。愿意收养狗狗的家庭数量要远远小于需要被收留的狗狗的数量,这就意味着每当一只狗狗被收养了,其他狗狗就没机会被收养。

所以当卡特里娜灾难中的狗狗被摆在了救援的首要位置时,我的心情是很复杂的。因为在加利福尼亚,成千上万的其他同样值得救援的狗狗此时正在被处以安乐死。我理解和支持救援小组的行动，但只是觉得有些不公平。

然而，当一个小组给我们打电话，让我们收养灾区的一只小金毛混血的时候，我们还是照做了。没有人知道它叫什么名字，我们就叫它托米。托米不到50磅，大约8岁，身体十分健康。

正如卡特里娜飓风灾难中的所有狗狗领养一样，我们同意一旦主人出现，寻找托米，我们就会把它交还主人。但它的主人从未出现。我常常为此感到伤心，因为托米看上去被照顾得很好，它的主人一定很爱它。

于是托米顺利加入了我们这个大家庭。整个过程一如既往地让人惊异。十五分钟后，你就分不清哪只狗狗是新来的了。它们完全融入了对方、接纳了对方，成为一个相处融洽的集体。看到灾难之后的托米如此平安快乐地生活着，真是件美好的事情。

在我们收养托米大约六个月后的一个傍晚，托米在晚饭时间消失了，这很不对劲。我走到外面去找它，看到它正从小路上走过来。它的腿有些不稳，但情况不是很糟糕，我和它一起走了回来。

到家后我试图喂点东西给它，但它对食物没有兴趣。它在流口水，我以前从未见过它这个样子，当我走过去给它擦口水的时候，我发现它的脖子肿起来了。

那时我们的兽医诊所已经关门了，所以我就带着托米去了急诊医院。他们立刻就知道发生了什么：它被响尾蛇咬了。虽然我和黛比知道这附近有响尾蛇出没，但我们从来没有在我们的房子里见过。我没有注意到托米脸上细小的伤痕。它一定是看到了蛇，然后走过去看看清楚，没想到被蛇给咬了。

被蛇咬一口只不过是一瞬间的事，却用了六管抗毒剂，密集治疗了三个星期。但是托米坚持了下来。在它来到我们身边之前，它就已经经历了艰难的岁月，而如今在这里，它正经历一段更加艰难的时光，但托米是个战士。

此后，托米又活了两年，这两年间，它活得健康快乐。

托米被咬的两周后，我听到车道上传来了尖叫声。我们的移动狗狗美容师苏菲亚当时正把车停在车道上给狗狗洗澡，她看到了路面上有一条蛇。很显然，她不是很喜欢蛇，这是我和她的共同点。

她当时有些歇斯底里，没办法告诉我发生了什么。她用手指了指，这就够了。看上去像一条幼年响尾蛇，虽然它当时盘起来了，很难看清楚。我从兽医那儿听说，幼年响尾蛇更加危险，而如果是一条戴着假牙在晚上出没的响尾蛇老公公，那就没什么大碍了。我一步都不愿意靠近它。

"你能不能把它给杀了？"我问她，并没有期待得到肯定的答复。我自己是不可能杀了它的,于是我就和苏菲亚谈了个条件。要是我把蛇给杀了,她就得负责把死蛇从车道上弄走。

她答应了,虽然很不情愿。我觉得她之所以答应,是因为她需要经过响尾蛇所在的地方才能走近她的货车。她当然不可能在蛇还活着的情况下走过去。

我之前已经被车道上一只死去的丛林狼给吓了个半死,这条活着的响尾蛇更把我的魂给吓没了。但我别无选择,我必须那么做。

我是大卫·罗森弗尔特——伟大的猎蛇者。

我有几个可能的方法:我可以拿把刀去追杀它,或者用铲子把它的脑袋给砍断,或者扔一块巨大的石头过去。不管是哪一种方法,都需要我在危险面前有极大的勇气。于是,取而代之地,我选择开一辆越野车轧过它。

这并没把它轧死。

反而惹怒了它。

不仅如此,它还挪了过去,现在离我只有一英尺远了,距离太近了,我无法再轧它一次。正难分难解之时,我很想宣布平局,但我不能。如果不杀死这条蛇,让它继续在这个地方活动的话,有可能会让我们的另外4只狗也被蛇咬伤。

我们车库里有一长条木头,至少15英尺长,是什么施工的时候残留下来的。我操起了木头，朝着蛇的方向走了过去，实际上是挪了过去。蛇在等着我，也许这只是我的想象，但它真的好像在嘲笑我，在鄙视我。很显然，它已经知道了我曾经在这种需要勇气的情形之下的所作所为了。

我用木头把蛇挑了起来，推了两三英尺远，把它弄到了车道中央。然后我扔掉木头，跳进车厢，再次尝试轧死它。这一次好像成功了。我用木头捅了它好几次，确定它已经不再动了，然后我告诉苏菲亚，现在她可以走过去把蛇弄走了。

她拒绝了。就这样违背了我们的约定。找一个比我还懦夫的懦夫的可能性有多大？你要是从窗户里丢下一颗骰子，砸到的那个人绝对比我有勇气。但苏菲亚绝对比我还要懦夫。这是我的车道，所以把蛇从车道上弄走对我来说比对她更重要。

最后我想出了一个合理的解决办法。我把电力洗衣机从车库里搬了出来，然后连好水管，苏菲亚用水把蛇从我们车道上冲走了。她把蛇冲到了车道外面的一条路上，冲到一个我不会靠近的地方。

那条蛇就这样躺在那儿，死了。

但是第二天它不见了。

我才不想知道它去了哪儿，或者它是怎么去那个地方的。

希斯克利夫

正如我所说的那样,我们一般不会从主人那儿领养狗狗,因为我们觉得那些狗狗是有主人保护的,而收容所里的狗狗是没有主人保护的。但有时候我们也会有例外,尤其是对于金毛猎犬,大部分时候是因为主人给我讲的故事。

黛比接到了一位女士的电话,她有两只狗,一只名叫凯茜的金毛猎犬,还有一只名叫希斯克利夫的黑色拉布拉多犬。两只狗狗年纪都很大了。她说她长期以来的过敏症状越来越严重了,不能再养凯茜了。希斯克利夫的毛发要短得多,问题没那么大,所以她可以把它留下。

黛比能看出来,这位女士有多么喜爱这两只狗狗,她这样做,又经历了怎样的痛苦。于是我们带走了凯茜,它是一只非常出色的狗狗。这位女士偶尔会来看它,每次来的时间都很短。

凯茜和我们生活了几年后去世了。一年之后,这位女士再次打来电话,让我们把希斯克利夫也带走。它当时患有关节炎和库欣病，她没办法好好照顾它，也负担不起昂贵的医疗费用。

　　我们领到希斯克利夫的时候，它身体状况很差，走路都很困难。但我们的兽医给它用的药效果很好，此后希斯克利夫健康快乐地生活了两年。它在旅行房车上表现得像个戏团演员。我之前还很担心它，像担心其他狗狗一样，但是结果表明我的担心是多余的。

　　希斯克利夫在我们抵达缅因州的几个月后，在睡眠中去世了。我们很少认识狗狗之前的主人，但希斯克利夫是其中之一。这样我们就知道它这一辈子都活在关爱中。

　　知道这一点，让人备感欣慰。

说谎的日历

怎么才是星期三早晨,这根本不可能。这意味着从我们星期一傍晚出发到现在,才过了四十个小时都不到。根据我绝对可靠的生物钟,我们至少在旅行房车里待了三年,或者十三年。

翻来覆去都是一样的,但并不是充满了同样的欢声笑语。喂狗、加油、遛狗、加油,无限循环。每次我们停车,另外两辆旅行房车里的人就会用几个搞笑的故事来取悦我,告诉我他们有多开心。

当然,那些故事在我看来并没有那么搞笑。大多数都是什么狗狗爬到他们身上让他们乐坏了,醒来的时候脸上有狗毛啊之类的。基本上是我十八年来每天都会经历的事情。

这是我的经验之谈……只要过了差不多十年,什么醒来脸上有狗毛这种事情,对你来说根本一点感觉都不会有了。

无论如何,我都不需要我的队员们再来告诉我这是一场多么宏大的冒险之旅。我在脸谱网上已经看得够多了。

内布拉斯加州似乎永远都走不到尽头，它之所以这么大，除了让我恼怒，似乎没有别的目的了。我要是一国之君，绝对会把内布拉斯加州分成四百个州，每个州都像新泽西州那么大。这样就会让我们觉得，我们确实是在赶路，要前往某个地方。

过路收费站有点小麻烦。我们三辆房车连续通过，我会一次性付掉过路费以节省时间。但这有些难办，因为我们必须避免让其他车插到我们之间来。虽然我实在想不明白他们为什么想这么做。

艾米特终于再次愿意让出司机的座位，即使是很短的一段时间。埃里克继续驾驶，我跑到房车后面的床上小睡一下。

睡觉只是一种美好的愿望。睡在房车里就像是睡在弹球机里一样，我从这一头被甩到了另一头。我承认，要是没有塞了满满一车的狗狗来缓冲压力，情况会更糟糕。要是想睡觉，根本就不可能。

我站起身，摇摇晃晃地走到了前面，马上就明白了我在车里被甩来甩去的原因。因为我们的车正在路上打转。我听到埃里克对艾米特说："最好还是你来开吧。"艾米特并没有反对。于是埃里克就把车停在了下一个休息区，然后下了车。

"发生了什么？"我问。

他摇了摇头。"这个方向盘我觉得很不舒服。"

这可不是什么好事情。首先，埃里克是个出色的驾驶员，我们一直指望着他来开车。其次，他之前慷慨提出在我们到达缅因州以后由他来把车开回弗吉尼亚。如果他不能开车了，那就该轮到我了。自从上了那辆车，我就开始掰着手指头算时间了，我再也不想上那辆车了。但现在我还要花一整天驾驶它。而且是在星期六，当全世界都在看大学生橄榄球赛的时候，我却要把这该死的车开回弗吉尼亚。

但事实就是如此，没有转圜的余地。打方向盘是驾驶的一个很重要的部分，要是埃里克对此有问题，那就不应该由他来驾驶。这是能够理解的。我也驾驶过这辆房车，我可以证明开它并没有那么容易。很高兴埃里克能如此坦诚。

艾米特重又开始驾驶。我坐上了乘客席上的老位子。我认命了，这辈子我都别想睡着了。

狗狗知道我们一旦停下，它们就有可能会被放下车来溜达溜达。很不幸的是，由于我们频繁停车加油，它们下车的意愿变得越来越迫切，让它们一直关在车里，我们也觉得很内疚，所以我们该让它们下车了。

这个过程很耗时间。虽然对于搭篱笆我们已经越来越熟练了。藏獒旺达那天早上直接就跨过篱笆走了出去，这让一切都更加复杂了。旺达可以直接跨过中国的长城，这个小小的篱笆根本不在话下。

幸运的是，旺达的速度并没有珍妮那么快，它慢得简直像个伐木工人，它也没有逃跑的意愿。旅行房车里有食物，旺达习惯待在离食物最近的地方。但我还是要把它带回来，重新搭好篱笆，这两件事情都很浪费时间。

这时，特里告诉我，再开50英里，我们就完成了一半的旅途了。她告诉我的时候，好像这是个好消息，但对于一个像我这样悲观的人，这并没有什么值得高兴的。

"另一半路程会不会短一点？"我问她，但是她并不这么认为。

辛迪·弗洛勒斯一直在用iPad搜寻可以停下来喂狗的地方。我不知道她是如何做到的，我在我的iPad上面连填字游戏都玩不起来。但是她看了些地图之类的东西，然后就告知我们可以停在某个出口。然后她所在的房车就会带头把我们带到一个宽敞的地方，也没有路人来打扰狗狗。

当时我们离爱荷华市还有一小时路程，天已经不早了。她说找到了一个特别好的地方，我们就下了高速公路。于是她带着我们开了至少十五分钟。我不知道她要去哪儿，而且我觉得她自己也不知道要去哪儿。

但不管去哪里都不是个好主意，因为我们只要多走出高速公路1英里，就意味着我们返回的时候要多走1英里。

最后我们来到了一条小小的泥路上，似乎通往一个斜坡。我们一路驾驶着，山顶的夕阳明亮地照耀着我们的脸庞。

虽然它本质上是条泥路，但其实我们可以管它叫灰路。辛迪的房车开过的时候，扬起了一片浓浓的灰尘，完全看不清前面的路。我们好像是在暴风雪中前行。原本颜色很浅的灰尘在阳光的照射下显得更加浓密了，透过这层白蒙蒙的灰尘，我们什么也看不见了。

我打电话给辛迪，想问她这究竟是怎么回事。但那个地方没有信号。这没什么大惊小怪的，我们所在的区域太过偏僻，我都怀疑这儿到底通不通水电。

到现在为止，我一直都是像个瞎子一样在驾驶，我停下了车，希望后面的乔可以看见我们停车，不要撞上我们。乔看见了，他也停了车，毫无疑问也是出于和我们相同的原因。我等了一会儿，直到辛迪那辆车走得够远了，这样他们扬起的灰尘就不会给我们造成影响了，于是我们再次开车，追随他们。

我和乔走出来商量了一下。我们无法联系上辛迪，她现在在远处，显然也没有往后看。所以除了跟着他们之外我们真的别无选择。也许当我们开到路的尽头，登上山顶，放眼望去就会看到翡翠城。

路上只有一处房屋，是一间离道路至少50码远的农舍。经过的时候，我看见门开着，一个男人站在那儿，向我们这边张望。他体型很大，我觉得他需要弯下腰才能从屋里走出来。一会儿，我就发现我的猜想是对的，他已经走出了房间。

穿着他的睡衣。

我们继续上山。从后视镜里，我看到这个男人走向了房子前面的小货车。我希望他是想下山去买点东西或者干点别的事情，但我对此表示怀疑。

辛迪在山顶上停了车，我和乔紧随着她也停了车。此路不通，辛迪的 iPad 让她失望了。唯一可以离开那儿的办法就是原路返回，但是在山顶转头并不是件容易的事情。

更糟糕的是，那个农舍里的男人正开着小货车朝我们驶来。他有可能很生气，因为我们擅闯了他的土地，还把他的地盘弄得到处是灰。

我希望他没有带枪。但是我看过《激流四勇士》，比起班卓琴，我还是更喜欢枪。

艾米特、埃里克和我都下了房车，其他几个人也下来了。我像往常一样选择站在了所有人的后面，充当在阵后指挥士兵的将军。

"你们要去哪儿？"这个男人问我们，脸上挂着一个大大的笑容。他看上去是如此的和善，于是我就冲到了最前面。

"其实我们自己也不知道。"我说道。然后我们开始聊起天来：我们现在在哪儿，我们要去哪儿，以及怎样去那儿最方便。我们都没有问他为什么白天还要穿着睡衣。我以前从没来过爱荷华市，也许在那儿他们并不觉得这是睡衣，也许这是他的保龄球队服。

他听到我们车里有狗吠声，当我们告诉他事情的经过时，他觉得十分搞笑。当他回到他的小货车里、掉头回家的时候，他依然在大笑着。由于他与世隔绝地生活在这儿，这也许是他第一次和这么专业的疯子接触。

我们再次给了辛迪的 iPad 一个机会，这一次成功了，它把我们带到了一个离高速公路不远的公园，我们可以在那儿喂狗、遛狗。天黑了，所以我们急急忙忙地把这些事情给做了。在我们的"狗狗公园"，我们很清楚地知道我们要去哪儿。

我们再次决定今晚不要通宵赶路，而是应该找个旅馆。我们上网查找，找到一家离爱荷华市不是很远的旅馆。我们打电话过去，订了六个房间。

黛比、艾米特和我仍然要在房车内睡觉，和狗狗待在一起，其他人睡旅馆。当时天气很冷，于是我请艾米特为我和黛比演示怎样才能开暖气。

这又将是一个漫长的夜晚。

DOGTRIPPING

因为狗狗，所以重逢

我之前提到过，我在写作之前的职业是电影营销，我在电影行业的最后一份工作是在三星影音制作公司，最后我成了那里的营销总裁。如果说我的职业生涯中没有取得巨大的销售业绩，那是低估了我。但在好莱坞史上，或许没有一个人埋没的电影比我还多的了。

电影制作人和电影制片厂，尤其是和营销人员之间的关系几乎总是自然而然地充满了紧张的气氛。这不难理解。当你把房地产的开发、电影的设置、后期制作和编辑等一切都加在一起，就会明白导演常常会用自己两年的生命来制作一部电影。他们极想要电影获得成功，因为这就是他们被人评判的标准，所以他们会迫使制片厂竭尽可能地让电影获得成功。

当然，制片厂的管理层不得不担心底线问题。于是他们会根据电影的潜力来做出判断，据此来决定投入。电影制作人如果对制片厂的预算、创造性素材、发行模式不满意的话，就会常常把电影最终的失败归咎于制片厂。他这么做也许是失望至极，要不然就是说出了事情的真相。

三星电影制作公司发行的最早的电影之一是《霹雳五号》，一部非常具有娱乐性的电影，由史蒂夫·古根贝格、艾丽·西蒂和费舍·史蒂芬斯主演。导演是约翰·班德汉姆，他之前导演的电影如《周末夜狂热》和《战争游戏》都取得了商业和艺术上的成功。

情节围绕一个名叫五号的机器人展开，它原本是作为一项军事武器被开发出来的。有一次遭遇雷电，没想到使它得以"活"起来，拥有了人类的智慧和情感，被重新命名为"约翰尼五号"。然后就由古根伯格（这个机器人的发明者，很显然角色分配不当），还有西蒂将它从电影中的坏蛋那里解救出来。

这并不是一部会被记载在电影制作年鉴上的电影，这部电影也不会改变任何人的一生。但是人们很喜欢它，票房收入也很可观。我见过更糟糕的，相信我。

几年后，我们的制作人员决定推出续集。这会是一部小成本电影，而且根据第一部的受欢迎程度——影院上映期结束之后，人们还会通过有线电视和录影带观看这部电影——我们觉得推出续集一定有利可图。这绝对是个基于商业的决定，而非具有创造性的决定。

在这种情况下，原班人马通常不会愿意再次扮演他们之前的角色。只有费舍·史蒂芬斯续签了，古根伯格和西蒂由迈克尔·麦基恩和辛西娅·吉布代替。

约翰·班德汉姆也没有继续导演，换成了肯·约翰逊。肯在电视行业取得了很大的成功，最著名的要数《无敌浩克》和《无敌金刚》了，如今他想要在大荧幕上一展宏图。

在我看来，最后制作出来的是一部无足轻重的娱乐电影，并没有反映出第一部的质量和独特之处。这是不可避免的结果。剧本最多也就算中等。

更重要的是，那些在我上面的人，就是那些重要决策者们也这样认为。所以对这部电影的经济支持不会很大。我们并没有完全放弃它，但是我们也没把它作为一部有可能轰动一时的大片来看待。

于是，肯·约翰逊和我之间的关系一直都很紧张。他想让我多做点事情，但这并不在我能力范围之内，即使我觉得这么做是正确的。营销人员绝对没有那么多能力来施加影响，做出重要的决定。这就解释了那个被人讲过无数遍的令人厌烦的笑话——"你听说了那个白痴女演员的事了吗？她想获得成功，却去和营销主管睡觉。"

本身就是一部没有创意的电影，再加上不温不火的投资，使得这部电影最后票房惨淡。电影马上就从影院下架了，肯曾公开对我们公司的草率态度表示怨恨。虽然他已经尽力而为了，但是剧本没有力量，演员普遍平庸，也是没有办法的事情。他那样的生气，我并不责怪他。虽然我并不同意他说的话。

九年后，塔拉基金会，也就是我和黛比接到了一位名叫苏珊·约翰逊的女士的来电，她想要收养我们的一只金毛猎犬。我和往常一样，在电话里进行详细的谈话，暂时确定她是否会给我们的狗狗提供理想的家庭环境。

她给我的感觉很棒。我们计划星期六让她和她丈夫到我们的诊所来，让他们见见这只名叫帕克的四岁的狗狗，带它散散步，填写申请表，并希望他们能爱上对方。

我想你现在一定知道了，苏珊的丈夫正是肯·约翰逊，我大概有十年都没有见过他，没有和他说过话了。他和我一样惊讶，气氛十分尴尬。我们之前在一起的时候，他对我来说就是个眼中钉，而我对他来说，是差点毁掉他职业的凶手。

于是我们尽量不谈电影的事，谈了许多有关狗狗的话题。我和黛比发现，约翰逊夫妇是非常好的人，也和我们一样热爱狗狗，尤其是热爱金毛猎犬。他们家是很好的"狗狗之家"，我们之前虽然见过很多家庭，但从未见过这样好的适宜狗狗居住的家庭。

他们收养的狗狗帕克是一条非同寻常的狗狗,他们对它可以说是一见钟情。他们毫不犹豫地带走了帕克。此后,他们连续多年给我们寄照片:帕克躺在沙发上、在游泳池里游泳等。这是一次完美的收养,领养人和狗狗能如此相配,使我们觉得我们付出的一切努力都得到了回报。

之后我们接到了这个恐怖的电话:帕克得了癌症,去世了。约翰逊夫妇只养了它两年,帕克在年仅六岁的时候就死去了,不可思议。我知道很多人都相信一切事情都是事出有因,但是金毛猎犬这么早就去世是无法解释的。

于是他们又领养了一只狗。我确信他们很爱它,对它的喜爱程度也许更甚于帕克。要是世上能有更多的人像肯和苏珊一样,那么救援小组根本没有存在的必要了。

我说这个故事主要是因为帕克,仅仅作为一条狗狗,它却能够使我和肯冰释前嫌。就我个人而言,我对肯的看法完全改变了,要是多年前我就能够这样看待他那该多好。

谢谢你,帕克。

小萨拉

有一天我和黛比在菲尼克斯拜访朋友时，接到奥兰治县一名救援人员的电话，她问我们能不能收养一只巧克力色的拉布拉多犬，它现在在奥兰治县收容所，名叫赫尔歇，十岁。

赫尔歇是一只流浪犬，是被动物管理处送来的。很神奇的事是，虽然它年纪那么大了，还是成功被人收养了，但是之后又被还回来了。收养人说它常常吠叫，他们没办法控制，或者说他们压根就不想控制。当然，它要是想在我们家吠叫，尽管叫好了，我们可能根本都不会注意到。

如果说在这些收容所里存在必须接受安乐死的狗狗，那么就是那些被收养后又被还回来的狗狗。赫尔歇被人还了回来，再加上它的高龄，注意到它的救援人员确信它马上就会被安乐死了。于是她给我们打了电话。

我们驱车从菲尼克斯赶回，我当时应该先开回家把黛比留在家里然后再去收容所的。但当时我没想到这一点，直接就带她一起去了。

我们到了收容所，走进办公室，告诉他们我们要带走赫尔歇。我觉得我们至少是一起走进办公室的，但是当我转过头去的时候，黛比已经不见了。这可不是什么好兆头。

那时我才意识到，黛比是去狗屋看有没有哪只狗狗能吸引她的眼球。那时候我们已经不是很积极地帮助狗狗安置收养家庭了，所以这意味着任何她看中的狗狗都要加入我们的大家庭。

最后她只选中了一只十岁的小猎犬，名叫萨拉。萨拉是被它的主人带到收容所的。它已经在收容所待了三个星期，太长了。在它所在的一排狗狗里面，它像极了英国女王。其他狗狗会挤到笼子的边缘，舔人的手，或者极力对可能的收养者拍马屁，但萨拉不会。它的表情好像是在说，要是我们想带走它，还得看它同不同意。

于是我们就带着赫尔歇和"小萨拉"回了家。我们之所以叫它"小萨拉"，是因为我们已经有一只名叫萨拉的伯恩山犬了。那时候，我们大概已经养了30只狗狗，平均每只狗狗有85磅。所以说我们总共养了超过一吨重的狗狗。然而不过35磅重的小萨拉，刚来就立马君临天下，统领所有的狗狗，直到现在。

我们家是它的私人王国。如果另一只狗狗坐在了某把椅子上，萨拉就会走去过，对它吠叫，盯着它，逼它下来。我也属于遭到它鄙视的范畴之内。如果我想把它从椅子上赶下去，然后自己坐在上面，它就会冲我威胁性地嚎叫。

只有黛比不会惹它动怒。萨拉最喜欢的地方就是沙发椅背，就在黛比的脖子后面。我觉得它喜欢这个位置的另一个原因是这样的高度能给它君临天下的感觉。

萨拉对鸡汤的喜爱到了狂热的程度。我发誓，要是它看见一罐鸡汤，马上就会疯狂。如果我们家煮鸡汤，它绝对不会放过我们，直到我们给它喝了一碗又一碗。

萨拉是我们在奥兰治县居住时唯一一只逃出去过的狗狗。黛比在一个阵亡将士纪念日的早晨发现它不见了，当我们在房子周围寻找它的时候，我发现园丁离开的时候忘记把大门关紧了。萨拉是我们当时拥有的狗狗中唯一一只，也是我们到现在为止拥有的狗狗之中少数能够从那个门缝中出入的。

我们当时住在山顶上的一个峡谷里，也就是说，我们住的地方前不着村，后不着店。在夜里，我们常常听到丛林狼发出咯咯的声响，有人告诉我这是他们屠杀猎物时的声音。

一想到小萨拉在野外孤军奋战，我和黛比就忍不住发疯。我们在外面找了好几个小时，却一点线索也没有。更糟糕的是，由于节假日的关系，收容所当天关闭，所以我们也不知道它是不是被人找到，然后带到了收容所。

马上就到傍晚时分了，我们惊慌失措。最后黛比想出来一个主意，也许在别人看来这是个疯狂的主意，但我不这么认为。我去市场买了至少十二罐鸡汤，然后带回了家。

黛比把鸡汤倒进了两个容器里，然后我们开车出去，每个人手里拎着一桶鸡汤。我们开了大约100英尺就停一下，让鸡汤的气味散发出去。这看起来很傻，但周围并没有邻居围观，而且我们清楚地知道萨拉一定会遵照《梦幻之地》的那句台词："如果她闻到了，她就一定会来。"

它真的来了。

我直到现在也还是无法相信，但是它的确从灌木丛中走了出来，应该说是漫步——无忧无虑地漫步在这世界上。

黛比提着她的那桶鸡汤坐了后座，我把萨拉抱了进来。我们根本不需要诱惑它，才一会儿工夫，它就把鸡汤一扫而光了。

我们把它带回了家，它喝了点水，接着就径直走向了它最喜欢的椅子。中途它并没有停下来和它的任何一个朋友说话，我相信它们一定对它的这次冒险有一点儿好奇。不一会儿，它就睡着了，我们也睡着了。

我觉得这一天，我们比它要累得多。

当我写到这里的时候，小萨拉已经十五岁了，和往常一样既让人讨厌又惹人喜欢。缅因州的椅子和鸡汤也深得它心。

回到当初

越南战争期间，我在上大学，面对着在毕业时被征兵的可能性。我的爱国之情十分强烈，想要成为保家卫国的军队的一分子，于是我加入了后备队。和现在不一样，那时候的后备队很少会被召去服现役，所以我加入后备队，以确保我不会被一枪打死。

后备军人需要和正规军人一起进行基础训练。我在密苏里的伦纳德伍德堡接受基础训练，那是个冬天，天气十分严寒。有一天，我们部队外出进行步枪射程射击训练，第一个射击的那个人，皮肤都被粘到扳机上去了。整整八个星期我都是在冰冷和悲惨中度过的，只要有人愿意听，我就会没完没了地抱怨。

即使是在那种情况下，我也是大家的开心果。

最糟糕的事情——这糟糕还分好几个部分——就是外出露营，本质上就是和那些朝你大吼大叫的中士一起露营。无论如何，露营并不是我在行的事，我更喜欢待在有淋浴和自来水管道的地方。因为，虽然已经过去那么多年，我依然清晰地记得那些露营的夜晚，以及当时痛苦的心情。

就在那儿，在爱荷华市的外面，这些记忆突然涌现。此时是早晨五点，我觉得自己好像回到了军队。我正躺在旅行房车的上铺，穿着内衣，只盖着一条薄薄的床单。天气严寒，手机上的天气预报显示气温为华氏25度，但实际温度要更低一些。事实上，我在达到极限的时候是不会感到寒冷的，因为我已经冷得都不知道自己的极限在哪儿了。

我照着艾米特说的那样让取暖机开一整晚，但是它要么是停掉了，要不然它就是取暖机历史上质量最差的取暖机。我想过要起来检查一下，但是我又不会修理，而且还有可能吵醒狗狗。

狗狗都睡得很沉，所以很安静。我唯一能听到的就是"咔嗒咔嗒"的声音，我猜这应该是我的牙齿发出来的。

真不知道在这样的情境之下，人是如何做到公正对待一切的。在前一个晚上我觉得自己是多么的可怜，此时我才明白，我根本就不知道什么才是真正的可怜。在某种程度上，这让人很欣慰，因为我终于在悲惨之中得到了涅槃。我正处于忧郁之谷的最低处，生路只有一条，那就是沿着原本充满尘埃的泥路返回。

我不仅瑟瑟发抖，还要卑躬屈膝。任何时候要是狗狗开始吠叫，我就要冒着严寒起来抚慰它们。我真讨厌穿牛仔裤，因为一穿进去，我的双腿就像灌了冰一样。

我们把车停在了旅馆后面的停车场里，我一会儿还要走过去叫醒我们组的另外八名成员。他们倒是睡在旅馆里，又温暖又舒适。在那一刻，我真对这八个人恨之入骨。

叫醒了他们之后，我们就要准备喂狗、遛狗了。但在狗狗开始吠叫之前，食物和散步都没有必要，没准它们今天就不叫了呢。也许它们和我一样被冻坏了，根本就不想面对新的一天；也许它们想睡到中午，直到温暖的阳光照耀着它们。

但它们还是叫了。奥蒂斯是第一个叫起来的，真是个叛徒。它就叫了一声，但在我们的房车里和在我们家一样，夜间只听到一声狗叫是不可能的事。

我等了10到15秒，狗狗的叫声越来越强，我起来了。我找不到我放在后面的行李箱，所以连一件暖和的衣服都没有，太黑了，我看不见。而且，我们需要在警察出现之前让狗狗安静下来。

我穿过停车场，前往旅馆。我在1月加时赛之前，在巨人体育场的停车场参加过车尾聚餐会，那时候要温暖得多。我大概花了半个小时才走过去，最终所有人都起床了，开始遛狗。我从艾米特那里借了一件运动衫，这让我好受了很多。因为取暖机是艾米特装的，所以当时我心中闪过一个念头，想用这件运动衫把他给勒死。

黛比和艾米特对我的不幸遭遇感到很意外，他们车里的取暖机运行正常，他们俩晚上都过得相对舒适。由此，我把他们两个人也列入了我憎恨的名单。

我有些担心，因为我们的"喂药零食"快没了。"喂药零食"是一种小小的、管状的东西，中间有个洞，可以把药塞进去。它们看起来很像巧克力，虽然明显不是巧克力，巧克力对狗狗来说是很危险的食物。

但是狗狗喜欢这种东西，而且喂药零食也让喂药变得简单得多。在我们家，喂药可不是一件小事。我们家的关节炎患者比佛罗里达州的一个普通退休社区里的关节炎患者还要多。不仅仅是关节炎患者，我还要给癫痫患者吃药，所以我每天会喂60多片药。我觉得我可能对此行所需的喂药零食数量判断失误了，如果真是这样，就需要在宠物店停留一下，但这又会浪费很多时间。

我要是不足智多谋就不是我了。对于那些要吃很多片药的狗狗，我就在每个喂药零食里塞两颗药。要是当初唐纳家族有我这样的聪明才智，现在一定是在史密斯与沃伦斯基牛排馆里大快朵颐。

我们大概还有两天就能到了。但在狗旅行的时间里，两天意味着一年半。我们很快就能知道我们什么时候能到达缅因州了，我问了一下其他人后，估计在周五下午晚些时候就能到达了。

　　我确定了周五晚上的食宿已经没问题了，然后再次预订了周六晚上的飞机航班。一切都在掌控之中，至少暂时如此。

　　兰迪、乔和艾米特终于知道了为什么我的房车里没有暖气。油箱里的油不足1/4了，为了节省燃油，取暖机自动关掉了。他们能找到原因是件好事，要是第二天晚上还这样的话，原因就要由验尸官写在我的死亡证明上了。

　　几分钟之内我们就重新上路了。真是太好啦！

狗和鸭子不相容

我们奥兰治县的房子的前主人是个动物爱好者,他并非我们一样的疯子,但是很喜爱动物,身边一定会围绕着几只动物。他有4只狗,3只猫,还有6只鸭子。鸭子圈养在一个露天的笼子里,用篱笆围了起来,中间有一个人造的小池塘,水会自动注满。

他跟我们说,他会把狗和猫带到他的新家去,但是那儿实在没有鸭子待的地方。他请求我们把鸭子留下,替他照顾它们。

当然,黛比觉得无所谓。就算是一群宠物长颈鹿,黛比也不会拒绝的。但我对鸭子可不感冒,而且我要清理的"东西"已经够多的了。当这个人告诉我,很多人都想从他手上要走这些鸭子,但只是为了吃鸭子肉而已时,我改变了主意。

清扫鸭子的区域可不好玩。相信我,簸箕和扫把根本没用。你知道鸟屎是怎样的吧?好,那么这就相当于一整个B-52空军中队的鸟群在轰炸。

但我还是清扫了。虽然不是那么经常，但我还是做了。我选择的武器是一个大马力的水管，这些鸭子也很聪明，我干活的时候会自动闪开。

然而，有一天，有一只鸭子没有闪开。它就坐在那儿，让我很担心。我不能赶走它。它看上去也不是状态很好的样子，我觉得它病了。

我不能叫兽医过来。那是个星期天，诊所关门了。我在阿纳海姆找到了另外一个兽医，我不得不在电话里哄骗接待员让我和鸭子挂上号。我说起鸭子的病的时候也许有点夸大其词。我说这可怜的东西动都动不了了，虽然这有可能是真的，它肯定不会为了我而动。但是接待员说他们现在很忙，为了能挂上号我也管不了那么多了。

我在一个纸箱子里铺了层毯子，然后走出去把鸭子装进去，我很不愿意这么做。我不喜欢触摸除了狗和猫以外的动物。而且我觉得我这辈子都没有摸过鸭子，除非这只鸭子名叫"北京烤鸭"。

可我还是把它装进了盒子，带进车里，然后出发。我们在去诊所的路上并没有聊天，这倒没什么。我和它之间的人鸭关系从来就没怎么亲密过，而且我心里还有点苦涩，因为当时正在播放全国橄榄球联盟比赛，而我却错过了。

我在宠物医院门口停了车，然后举着这个装了鸭子的纸箱子走进了办公室。鸭子的脑袋从盒子边缘冒了出来，巡视了一下周围环境。接待区有一屋子的人，我们走进去的时候大家都看着我们。屋子里走进一只鸭子，这可不是常有的事。我把箱子放在了地上。鸭子比你想象得要重得多。

不知为什么，兽医正好在接待台后面，她看到我的时候，说："这就是那只不能动的鸭子吗？"我说是的。然后她说："让我来瞧瞧。"

她走过来，在箱子前蹲下，把鸭子拿出来，放在接待区的地板上。这只可怜的瘫痪鸭子嘎嘎叫了一声，紧接着就穿过房间，跑到了接待台那里，在地面上留下了一串鸭屎。

"哈利路亚，"我说，"这真是个奇迹！"

这和之前我从超市回来的那一次相比，还是属于比较欢乐的"鸭子时光"。那一次，和往常一样，我回来的时候，狗狗不会表现出多大的热情。然而每次黛比回家，不管什么时候，都会引起狗狗的暴乱。它们欢迎我回来的方式要显得友善得多。

一只名叫吉卜赛的金毛看上去特别兴奋，它浑身都湿了——很奇怪，因为是在夏天，四个多月都没下过雨。

我花了好长时间才在脑海里过了一遍所有的可能情况。我只能想到一种可能，一想到那里，我就觉得是个灾难。我跑出去,跑到了鸭子那块区域。

很显然,门不知怎么打开了。狗狗已经进来了。我到的时候有3只狗狗在里面,2只金毛,一只名叫鲁迪的德国牧羊犬。我觉得之前肯定还有更多——至少浑身湿透的吉卜赛肯定来过——但它们肯定是听到汽车的声音就跑出来看我了。

我马上就锁上了身后的笼子,这样其他的狗狗就无法进来了。两只金毛在水泥地上,朝着鸭子吠叫,但出人意料的是,它们不愿意跳进池子里。鲁迪就什么顾忌都没有,它正在水里追着鸭子跑。它的态度很不友善,对它来说,这就是捕鸭子的季节。

我把两只金毛赶了出去,同时尖叫着:"鲁迪!鲁迪!"我看到它抬头看我,但它的表情并不是在说:"啊对不起,大卫,我马上就会出来了。"与此相反,它像是在说:"想让我出来?你疯啦?这些可是鸭子。我可等了一辈子了。"

我抓不到鲁迪,但它却快要抓到鸭子了。眼看着它就要抓到一只了。眼睁睁看鲁迪活活杀死一只鸭子比起跳进池子还要可怕,虽然这个池子实在太恶心了。

于是我跳了进去。

实际上,我并非"跳"进池子,而是蹚了进去,还不断呻吟着——我真的是在鸭子屎里面游泳。我朝鲁迪游去,它呆呆地看着我，连反抗都没有反抗。这实在是幸运的，要是让我在这里面再多待一分钟，我肯定会先杀了它，然后杀了我自己。

最终我把它带出了鸭子区，然后上了锁。之后我扯下了所有的衣服，扔了出去。

我洗澡的时间是8月上旬。大概到10月中旬的时候，我才把自己洗干净。

脆弱时刻

有可能是我神经错乱了，但那天早上第一次停车的时候，我经历了一个多愁善感的时刻。我多愁善感的频率和大都会世界比赛获胜的频率相当，每次我多愁善感的时候，都会觉得很不可思议。

这次的多愁善感，是在我带着黄鼠狼，沿着我们临时搭建的狗狗公园散步的时候来临的。我环视四周，看到所有漫无目乱转的或者躺在地上的狗狗，突然之间就想到，要不是我们插手，这里的每一只狗狗都已经死去了。

然后我看到这群人，这群无私的、伟大的人，他们奉献了生命中的一周时光来做这件事。我知道他们很享受，虽然我不知道为什么，但无论如何这次旅行都不是在公园里散散步这么简单……这更像是踮着脚在狗屎里穿梭，又苦又累。

接着是黛比，她此时正抱着伯尼和路易。要是没有她，我根本不会参与到狗狗救援行动中去。但要是没有我，她也依然会投入到这项事业中。

无论如何我都爱她，不管她是在拯救狗狗还是在搜集邮票。她总是充满热情，并坚持到底，最好的支持方式就是不要妨碍她。我也会对某些事情产生强烈的情感，但通常我还是更喜欢躺在我的摇摇椅上，遥控器摆在胸口上。

黛比对狗狗救援的精力和经济投入非常人可比，在情感上也并非易事。在棒球中，他们说一个投手投中了300下就可以晋级名人堂了，这意味着十次中只要连着三次投中就好了，但狗狗救援要难得多。在加利福尼亚收容所，根本就不可能拯救10只狗中的3只。因此，做这件事极其容易让人灰心，马上就会扑灭你的热情。

黛比是挣扎着前行的，她把时间、金钱、精力还有其他任何需要的东西都投入了进去。这么多年来她表现出的爱心和关切，让我越来越爱她了。

然后我看到了藏獒旺达，这只温和可爱的巨人。许许多多的后院里锁着成千上万只旺达，整日孤独地待在那儿，渴望与人相处却无法得到关爱。我很高兴，也很感激，我们能够让旺达过上这样快乐的日子。

当然，还有黄鼠狼。此时它正在皮带的另一端缓缓地踱着步。黄鼠狼从一开始就和我们在一起，大概十七年了。它和我们一起住在圣莫妮卡，然后是奥兰治县，自从它速度明显变慢之后，我一直很担心，希望它依然能和我们一起去缅因州生活。

我决定带上它，即使要让我抱着它穿过终点线。

我还记得当我们决定收养黄鼠狼成为我们家一份子时的情形。我们只举办过一次永久狗牌仪式，就是为了它。

有些夫妇也许会上演一些类似"寂寞少妇与帅气送货员"之类的情趣戏码。我和黛比从来不会。我们的戏码，正如我们生命中的其他一切事物，都是和狗相关的。

我会假装不愿意接纳一只我们收留的狗狗作为我们家的永久成员，然后黛比就会假装试图说服我，虽然她从来都不会成功。但是她会"偷偷地"预订一个永久狗牌，货一到，根据游戏规则，我要想抗议就为时已晚了。接着我们就会把所有的狗狗都聚在一起，然后举行一个仪式，给新来的狗狗戴上永久狗牌。

我知道……这不是什么"被困司机和农夫女儿"的故事，但我们都很喜欢。狗狗们也很喜欢这个仪式，因为作为仪式的一部分，每只狗狗都会得到一块饼干。

我做的最蠢的一件事——这事儿我之前除了黛比谁也没告诉过——就是和狗狗聊天。并不仅仅是在外面晃悠时随便聊聊"你最近好吗？"之类的话题，我也不会经常和狗狗聊天。只有在有重要事情需要讨论的时候我才会这样。

举个例子，每当我们家新来了一只狗狗，我就会在睡觉之前和这只新来的狗狗聊天。通常此时狗狗都会很舒适地安坐在椅子上，或者躺在某张狗床上——这样的狗床我们家有12000张。

但它那一天一定不好过。它来到了这个也许有30只之多的狗狗的房子，30只狗狗的注意力和好奇心全都集中在这只新来的狗狗身上，使它不知所措。比这更糟糕的，也许是它来到我们家之前所经历的生活，使它沦落到被抛弃在一个糟糕的收容所里。

我从来都不知道它被狗狗蹦蹦跳跳地围绕了多久，我也不知道它被人抛弃了多少次，撵走了多少次。

这只可怜的狗狗可能仅仅把我们家看成了又一个短暂停留的地方，又一个最终不会接纳它的地方。

于是我就会俯下身来，花个几分钟抚摸它，告诉它现在安全了，这儿永远都会给予它舒适和关爱。我会告诉它，它成为我们家的一分子后，我们是多么的开心，我还告诉它，它应该放轻松，享受生活。

除此之外，我会在狗狗生病的时候与它们交谈，我们彼此都知道生命即将走到尽头了。我会告诉它们，我知道它们身体不舒服，但是我们不会让这种状况持续太久的。我会告诉它们不要担心，我们只会做那些对它们好的选择。我会告诉它们，能够有它们作为我们家的一分子，我们是多么感恩，而且我们将一直这样认为下去。

但那一刻,在旅行房车边上临时搭建的狗狗公园里,我俯下身来,和黄鼠狼开始对话。多年来,我们聊了很多。

"黄鼠狼,老女孩儿,咱们跑了好远的路啦。"

它没有回答我,这倒不出我所料。黄鼠狼从来都是不善言辞的。

"你会爱上缅因州的,"我继续说,"我们会在一个湖边上。上次我们去那儿的时候,正好有野火鸡跑到房顶上去。"事实上,我根本就不知道黄鼠狼对野火鸡到底有没有感觉,不管是喜欢还是讨厌。一想到它能在有生之年和我们一起去看,我就已经很开心了。

黛比朝着我们走来。我愿意倾我所有来跟你打赌,黛比确切地知道我此刻的感受。

她走过来,俯下身,摸摸黄鼠狼,然后抬头看我,说:"它可以的。"

我点了点头,什么也没说。因为我又开始多愁善感起来了。半小时之内我已经多愁善感了两次,这一次比上一次更加严重了。

最终我说:"对。"

这是我多愁善感时能说得最多的话了。

家中的喂食时间

狗狗喜欢吃东西。这是养那么多狗狗的困难之一。

每一天都要吃。

一天又一天。

兽医说最好每天喂两次狗，于是我们照做了。这并不容易，每次喂食都要花上大概45分钟，这取决于当时我们养狗的数量。但这真的是一件值得一看的事情。

房间里铺满了盘子，每只狗狗都清楚地知道哪只盘子是它的。有些狗狗狼吞虎咽一番之后，知道别的狗狗还没吃完，就跑去别人那儿蹭吃蹭喝。有些狗狗则把食物晾在那儿，一点要吃的意思都没有，直到我开始收拾盘子的时候，它们才启动进食模式。

我们把那些由于健康问题可能需要特别饮食的狗狗和大伙儿分开来，让它们在单独的房间里关起门来安安静静地进食。

唯一一只不是因为健康问题而被隔离的狗狗是藏獒旺达。

在它蹭了大概一个月其他所有狗狗的食物之后,我们就把它关在了洗衣房里,用一扇半腰门隔开。当它吃完饭时,它就会站在门后,在门上面露出一个脑袋,俯视其他狗狗进食,希望自己能够蹭一点。

但是它出不来。它很不高兴。有时候我都以为它要吃门了。

我们在奥兰治县住了十年,我觉得除了感恩节和圣诞节,我和黛比在餐桌上吃饭的次数只有三次。

上餐桌吃饭太麻烦了。首先,只要食物摆上了餐桌,我们就要守护好它。所以说,当我们中的一个人负责把所有的食物端上餐桌时,另一个人就要在那儿保持警惕。举个例子,旺达大概需要30秒钟就可以把整桌菜都给一扫而空。

吃饭本身也并不容易。狗狗会严严实实地把我们围起来,脸上挂着楚楚可怜的表情,想要一点我们的食物。当然还有一些不那么安静的乞食狗,它们因为没有被邀上人类的餐桌而愤怒地吠叫着。

当然,黛比会让这一切变得更糟糕——她会给某些狗狗尝尝我们的食物。狗狗很少会汪汪地说:"好啦。谢谢……你们慢慢享受剩下的食物吧。"与此相反,尝了一小口显然让它们渴望吃到更多食物,这就让那些连一口都没吃到的狗狗很是恼火。

在这样的气氛中,愉快地进餐是不可能的。你可以想象,我们也不会经常举办家庭宴会。相反地，我们会站着在厨房里吃东西。

除了狗狗的两顿主餐，还有一些别的事情可以被称为不寻常。我们会在每天早晨准备两打百吉圈，在厨房里，狗狗围着我们，我和黛比把百吉圈掰成一口的大小，然后扔进狗狗垂涎的口中。

在感恩节和圣诞节，我们会给狗狗加菜。我们会买上六大块伦敦烤肉，在烧烤架上烤熟。烤肉是很简单的，但是切肉却很难。要是有个什么切伦敦烤肉的奥林匹克竞赛，凭我的经验，我都可以拿金牌了。

从切肉到烤好肉，要花两三个小时。但是最后所有的狗狗都能吃上一盘子肉。吃得一片都不留。

向来如此。

我曾想象，在伦敦烤肉时节，在我们家待了很长时间的老资格狗可能会对从未经历过这事儿的新人狗点点头，并且狡黠地吠道："我就说嘛，这地方不错的，是吧？"

丽莎

丽莎是一只又大又壮实的金毛猎犬，我们是从奥兰治县的一位朋友那里收养过来的，他叫洛里·安布拉斯特，是一名了不起的救援志愿者。由于囤积的狗狗太多，丽莎不得不被挤出来。我有时候觉得我们也可以被看成狗狗囤积者，虽然我觉得囤积的动物都没有得到很好的照顾，都是没有受到关爱的动物，它们仅仅是被存放在那儿而已。

丽莎大约是个独行者。它在它自己的地方待着会更开心一点。长久以来，它的地盘是在浴室里，就在马桶前面。我觉得它喜欢凉凉的地板，但它所在的位置确实让某些时刻显得十分尴尬。

丽莎皮毛很厚。我们到达缅因一段时间后，发现它的背部有血渗出来。原来是它皮毛下面长了一个囊肿，所以我们没发现。现在囊肿破裂了，我们才看见血。

我们的兽医给它动了手术，手术过程中，他必须要给它剃掉好多皮毛。我们决定把它的毛都剃掉，就请我们的动物美容师把它剩下的毛都给剪了。当时是夏初，大家都觉得这样它会更舒服一点。

它立即对此做出了怪异的反应。它不再喜欢待在洗手间了，事实上也变得更加合群了。它还爬到了一只躺椅的上面，我觉得按它的年龄和体重是不可能爬得上去的。

如今，由于丽莎和克拉尼经常占据着电视机周围的两只躺椅，我和黛比看电视的频率比以前低了。

朋友们，向东去

比起西部，我一直都更喜欢东部。我的生活经验局限于东部的纽约或新泽西，还有西部的加利福尼亚。因而我意识到我对东西部这个概念有点夸张了。东部的人看起来更真诚友善，也没有那么装腔作势。加上东部是有真正的气候变化的，四季分明。

加利福尼亚的唯一优点大概是全国橄榄球联盟比赛在早上十点开始，晚上九点结束。熬夜到凌晨甚至更晚看球是很艰难的，尤其是在刚搬过来的那几年，因为我觉得我要花上很长一段时间，才能弥补那些在旅行房车上丢失的睡眠。

旅途中我也发现了另一个偏爱东部的原因，那就是，东部的州狭长些，我们可以更快地穿越它们。而穿越内布拉斯加州要花太久时间，根本连自己是不是在前进都不知道。一旦穿过了密西西比河，我们就可以更快地穿越各州了，这让我觉得我们好像就要到达终点了似的。

我收到一封来自乔治·肯特里斯的邮件，他是俄亥俄州芳德利那儿的塔可钟特许经销商，也是我和黛比的好朋友。他在脸谱网上关注着我们的行程，很显然大部分自由世界的人民也和他一样。乔治想知道我们会不会经过芳德利，因为他很乐意给我们提供食宿。

这是一个慷慨的提议。乔治不仅拥有一家塔可钟连锁店，还拥有好几家康福特套房酒店。他说我们可以在那儿过夜，或者就在那儿冲个澡，休息一下。

我问了辛迪·弗洛勒斯，她是我们的总指挥官。她说如果我们照着行程安排来，我们大概会在下午六点的时候正好经过芳德利。而乔治给我们提供的酒店离高速公路只有不到三分钟的路程，所以在那儿停留一下也不会耽误多少行程。这简直完美极了，于是我给乔治回了邮件，让他等着我们来。

我们准时到达了芳德利，在那儿我们受到了热情的接待。我们所在的康福特套房酒店正对面恰好是乔治的塔可钟，我们的车就停在酒店后面。那儿有一大片草地，我们搭好了篱笆，这样就能遛狗、喂食了。

酒店上挂着欢迎"Woofabago"的标识，乔治带领着他的员工和我们见了面，给予我们所需的一切帮助。他们热情周到，我们的感激之情也溢于言表。

乔治给了我们几个酒店房间的钥匙，我们开门进去洗澡。这是我几个月来最享受的一次淋浴，也是我这么久以来第一次觉得自己受到了人类的待遇。我甚至从行李箱里拿出了一件没有沾上狗毛的干净衣裳，虽然这种干净的状态持续不了多久。

洗完以后，乔治带着我们去了塔可钟，在那儿我们一帮人想吃什么就吃什么，全部免费。这家店当时是多力多滋墨西哥玉米卷的试用餐厅，我们赶在全美国人民之前提前品尝了一番。

当然，在这样的美食面前，我们的队员已经把话说得很清楚了，他们宁愿吃泥巴也不愿意吃我囤在车里的粮食。我利用这次停留，扔掉了大部分我准备的食物，电冰箱不太好用，冷冻的三明治好像变味了。

我们在乔治的热情款待下享受了两个小时。我知道，冲个澡、吃几个墨西哥玉米卷听上去并不像一次梦幻之旅，但我可以告诉你，我们一群人对乔治的款待是多么的感激不尽。

他十分热情好客，由他款待的这两个小时是我们此行最美好的两个小时。当然，对我而言，生命中没有多少个小时能与此相提并论。我和黛比对乔治的慷慨好客感激不尽，当时如此，将来也会一直对他心存感激。

事实上，因为他是俄亥俄州的忠实球迷，我也会为了他而支持一下俄亥俄州的七叶树队的。他也是克利夫兰布朗队的球迷，但我还没准备要挺他到这种地步。我的意思是，他不过是请我们洗了个澡，吃了几个玉米卷，对吧？

当时我脑中闪过一个想法，我应该躲在酒店的洗手间里，希望大伙儿都不要注意到我，然后旅行房车没带上我就出发了。但我没这么做，我想，要是我真想这么做，接下来的路上我还有机会。何况，艾米特一定会发现我在搞鬼，然后把我从洗手间里给踹出来。

从芳德利到我们缅因的家还有十五小时的车程。所以我们开了五小时的车，然后停下来睡会儿。大家都觉得不需要再找旅馆了，我们就在车上睡几个小时觉。然后第二天早上早点出发，一口气到达目的地。

我们把三辆房车围起来，变成一个狗狗公园，遛狗，然后开始准备睡觉。这么做的时候我有点紧张，要是当地警方决定检查一下这三辆陌生的旅行房车，我们可不知道他们要是发现车里装了那么多狗狗会有什么反应。我们并没有做错什么，也没犯法，但我很肯定，他们会质问我们，并把我们关起来。

但并没有发生那样的事。当我在第二天早上六点叫醒大家的时候，他们都很迫切地想出发。我们遛了狗，喂了食，然后就出发了。

我不敢相信,但这真的是最后的路程了。连我都觉得精力充沛起来了。

充沛了那么一点点。

求你了,求你了,别杀狗狗

读者给我发送邮件对我的书做出反馈的时候,有几个主题、疑问和回应经久不衰。其中之一就是"我在书的封面上看到你了。你怎么会变得这么高这么帅啦?"另一个就是"莎士比亚在你面前都相形见绌了。"

当然,这都是我想象出来的美好场景。我真正经常收到的评语是这样的:"请你千万不要杀了塔拉。"

读者告诉我他们会把书翻到最后一页,扫一眼,以确保依然能看到塔拉的名字。这让他们安心,在出这本书的时候,塔拉还没死。这种担心狗狗死去的恐惧扩展到其他任何我写到的狗狗,而且也不仅仅是担心它们死去,没有人,说真的,没有人想让狗狗遭受痛苦,哪怕是爪子上有一根倒刺。

黛比和我是一样的。如果我们在电视广告或电影预告里看到一只狗狗或其他动物出现,我们就会问已经看过的人,以确保这只动物到最终都是毫发无损的,这样才能安心去看。人类角色要是扎堆死，我们没意见，但要是一只狗狗受到了伤害，这部电影我们就不会看了。

有一次，代理人给了我一份手稿，让读一下他的一位客户即将出版的小说，希望我会喜欢这本小说，然后帮忙写个评语放在封面上。我同意了，因为这是我第一次收到这样的要求，我觉得受宠若惊。

实际上，我很容易就会受宠若惊。这一次，就算这本小说读起来像曼哈顿的电话指南，我也会赞扬它是一部"引人入胜、扣人心弦的佳作"。于是我开始读这本书，在第二十页，反派角色正向主人公套取信息。

当他拒绝透露任何信息时，他们不折磨他本人。

而是折磨他的猫。

这本书里没有任何别的东西能够阻止我给这本书好评。但是看到这里，我真的无法鼓励别人也去读这段虐猫情节。于是我中止了阅读，给代理人打电话致歉。

说到我自己的书，塔拉的存在和境遇让我有点儿左右为难。安迪·卡朋特小说是长期连载的，故事情节的发展十分自然，对读者来说也很公平。也许书中的角色会变化，他们的年龄必然会增长。

除了塔拉。

在第一本书《昭然若揭》中，安迪说塔拉七岁，是他在两岁大的时候从收容所里救出来的。对于一只金毛猎犬来说，七岁已经是中年了。虽然可能看起来又愚蠢又不公平，有些荒谬。金毛的平均寿命是十二岁，这还没有考虑到它们很容易患癌症这一因素。

从那以后，这系列的书每年就会出一本。目前这一本《猛虎出笼》是第十一本。在那本书里，安迪提到塔拉是九岁。

也许你注意到了里面的算术问题。塔拉应该是十七岁了。

但它不是，它也永远不会是。在我写的大部分书中，安迪的塔拉将一直是九岁。安迪可以老到在家用吸管喝燕麦粥，但是他身边的塔拉依然只有九岁。他还会带着塔拉去参加美国退休者协会的会议。我也许还会让塔拉重返七岁，如果我心血来潮的话。

很久以前，我和黛比就觉得我们这辈子都要好好记得塔拉活着的岁月。我觉得通过塔拉基金会，我们已经做到了这一点。其次，通过我的书，我们也做到了一部分。

所以当有读者写信问我时，我会告诉他们全部的事实。他们并不需要浏览全文来看看塔拉会不会受伤、生病或死去。

因为在我的书里，我是全能的，我会保证塔拉永远健康快乐地活下去。

不老的"士力架"

如果真有什么善意的骗局，那么说的就是我们收养士力架的事。

八年前的一天，一位年轻的女士给我们打来电话，她由于自己的处境而流泪伤心。她在加州大学长滩分校读大学，利用课余时间救援狗狗，帮助它们寻找收养家庭。她难过地发现，对于一个没有既定组织的人来说，做这件事困难重重。

她最后说的本质内容是，她从某种绝境中救出了一只名叫潘迪的狗狗，但现在狗狗无处可去。她走投无路，唯一的办法就是把潘迪放回收容所，但她一想到这里就觉得太恐怖了，问我们会收养它吗？

我答应了她，就在阿纳海姆的一个停车场安排了会面。我到的时候，我看见潘迪坐在她的越野车后座上，同时还有查理、小虎、可可和士力架。这位女士告诉我她没有在电话里告诉我她实际上有5只狗，因为她知道这样一来我就会拒绝。

她猜对了。

但这些狗狗都是老年狗，而且在收容所里都会被处以安乐死，她无法忍受看着它们死去。没有一只是纯种狗，它们都是染过毛发的杂种狗，都很讨人喜欢。

不知道为什么，我把5只狗狗全部带走了。我跟她说明了我们家拥挤的状况，并告诉她我们不会再从她手上领养更多的狗狗了。她看上去对此很淡定，也许她手上还有别的傻瓜可以求助。

当然，像在这种情况下，我们都会发现狗狗是很棒的。我知道自己总是赞美每一只狗狗，但那是因为狗狗本身就是值得赞美的。

5只狗狗都活了三年以上，但没有一只活过五年。除了士力架。士力架一直很强壮。它周身散发出一种让人难以判断年龄的气息，它现在的样子和我们当时收养它的时候比起来，外貌上并没有多大的变化。但很显然，那时候它还比较年轻。

士力架和我们一起到了缅因州。它有着厚厚的皮毛，非常适合在缅因州居住。天开始下雪的时候，它就会和伯尼一起外出。

"欢迎来到缅因州"

州界上的标识牌上是这么写的。一眨眼的工夫,辛迪·斯博德克·迪基就拍照上传了网站。这意味着我们离目的地还有两个小时多一点的路程,或者至少两个小时的车程。如果用狗狗的时间来算的话,大概是一个月。

事实上,我们开车速度很快,那天早上唯一一件不开心的事情是一盒蓝莓和草莓从冰箱里摔下来掉在了士力架身上。玛丽·琳恩尽可能帮它清理了一下,我们停都没停。

我们在肯尼邦克港附近停车,最后一次搭建狗狗公园。不管是乔治·布什还是芭芭拉·布什都没有出现欢迎我们,很明显这意味着查尔顿·赫斯顿在收养松狮混血犬威利后没有为我美言几句。

我们停了车,一切风平浪静,除非你觉得狗狗在缅因吃上第一顿饭有多么感动人心。我不觉得有什么感动的,我也没有因为狗狗第一次在缅因州上厕所而泪流满面。

我们停留的第二站是波特兰机场，把埃里克和尼克送到那儿。他们其实是想租一辆车然后开回加利福尼亚。我觉得这会成为一次加深父子情意的观光之旅。我本来是这么想的，但当他们下车的时候，我能感受到他们的失望，我们到达了目的地，但是他们却不能和我们一起去。

我对他们表达了深深的谢意。他们帮了我们很多，而且和他们相处很愉快，他们是我们的优秀队员。

把三辆旅行房车停在波特兰机场的路边是件难办的事儿，因为波特兰机场很小，路也很窄。我都无法想象，当机场的安检人员看到我们的时候会想些什么，但是没有人拦下我们。

到我们家的最佳路线是在布伦维克的高速公路下去，然后选择1号公路向北行驶。我们会经过托普瑟姆、巴斯、维斯卡希特等小镇，我承认我变得越来越兴奋了。穿过这些小镇，我才意识到我有多么喜欢那儿。

在这种路上开旅行房车要比在高速公路上开困难得多，所以我让艾米特执掌方向盘。全程70%大概都是他在驾驶，但让人惊奇的是，他看上去很有精神，而且依然很快乐。

我和黛比互发短信，告诉对方最终到达的快乐心情，以及对我们新居装修情况的期待之情。我们一个多月没有去那儿了，那时候它看起来还像个建筑工地。我相信承包商一定圆满完工了,但"信任加验证"会是个好主意。

我们在上维斯卡塞特大桥的时候遇到了点交通事故。这不是什么不寻常事情,因为在一家名叫"红色小吃"的店门口总是挤满了人,这是一间小屋子,售卖龙虾卷。这家店很棒,总是挤满了人,没有空闲的时候,长长的队伍让我们很难通行。这让我想起尤吉·贝拉提到某个餐厅时说的一句话:"没人进得去了,太挤了。"

但之后当我们穿过美丽的小镇达马里斯科塔时,离目的地就只剩十五分钟的路程了。我群发了短信告诉大家,当我们在门前停车的时候,我和黛比两个人想在房间还保持着最初状态的时候先进去看看。

这是我们看到房间还没有充满狗狗和狗毛的唯一一次机会。我们想在房子还是干净的状态下享受一下独处的时光。我们也想在狗居民们进来肆虐之前,先好好看一眼这里。

我们来到了一条泥路上,艾米特评论说这里看起来好有乡村的感觉。我向他保证我们走的下一条路看上去像是美国国道。我们转弯上了那条路,然后上了一条未铺砌的车道来到我们家。

我们身处一个美如仙境的地方,十亩林地围绕着一个湖泊。住在那儿就像住进了福杰士咖啡的广告里。当我们停在那儿的时候,它看上去出奇地宁静祥和。以后将不会出现这种情形了。

在听得到狗狗的吠叫距离之内我们没有邻居。这是我们在找房子时必须满足的一个条件。我们不想在森林里撒满硼砂，或者在外面建造一个沙滩，或者担心狗吠声会扰民。

我和黛比下了车，艾米特、辛迪·斯博德克·迪基还有其他几个人也下了车。我们走进了房子，一切都跟我们希望的一样。Hervochon 建筑公司很让人满意。我们所要求的一切都满足了，还有后来补上去的一些要求。

我是巨人队的忠实粉丝，这一点我已经向承包人指明了，而且还对他们详细叙说了一遍巨人队是怎样在超级碗比赛中打败了他们心爱的爱国者队（爱国者队之前一直处于不败之地），深深地折磨了他们一把。他们对此做出的反应就是在整个房间放满了爱国者队的随身用具，冰箱上有一个爱国者队的行程表，洗手间有个爱国者队的牙刷，衣柜上挂着一件爱国者队的球衣。很显然，缅因人是非常记仇的。

我们走了出来，告诉大家我们的计划。我们把狗狗带到外面一个围起来的区域，可以通往那个狗洞。这样从房车中把狗狗带进屋去会更容易一点，狗狗逃跑的可能性也最小。

我们开始把狗狗赶进去，整个过程花了大概 45 分钟。我们把它们赶出车厢之后，就打开了狗洞的门，这样它们就能进到房子里去了。看它们刚刚到达一个新环境是很好玩的，看它们

"标识"一个新环境就没么好玩了。但一个没有被狗狗尿尿的家根本就算不上一个家。

艾米特的妻子黛布从亚特兰大坐飞机过来与他见面,他们会和我们一起住一天,然后在缅因州转转。我让他们和黛比还有狗狗待在房子里,然后我开车带领着房车旅行队前往达马里斯科塔湖农场的简易旅馆。我们渐渐发现,在这种小镇里,所有人都互相认识。我们从电工那儿听说了这个旅馆,他是旅馆主人的兄弟。

我们再一次受到了热情的招待,那儿也张贴着"Woofabago"的标识。我告诉大伙儿我和黛比会在一小时内回来跟大家聚餐,然后我就回家了,虽然我还没把那儿当成"家"。这一次当我停下车的时候,这个地方就没有之前那样宁静祥和了。狗吠声是如此嘹亮,我敢肯定,我们远在加利福尼亚的邻居都能听到。

我们准备就绪,前往达马里斯科塔湖农场和大家会面聚餐。把所有的狗狗留在一个陌生的房子里,我们有点紧张。也许当我们回家的时候,它们已经把这个地方拆了卖给收废品的人了。

没想到简易旅馆里面竟然有个完善的餐厅,餐厅正中间的十人桌就是我们的。那儿很安静很舒适,我肯定餐厅里的其他所有伙计都能听清黛比感人的祝酒词。

"你们不仅仅帮助我们到达了目的地,"黛比说,"你们是带着笑容帮助我们的,你们让此行充满了欢乐。"她讲起我们经历的事情,感谢每一个成员冒着失去生命、失去理智的危险来帮助我们。

然后她站了起来,举起酒杯,对餐厅里的所有人说:"请给这些地球上最伟大的人敬一杯。"餐厅里的每个人都鼓掌,都举起了酒杯,一饮而尽。

这家餐厅的食物和氛围都很棒,我很肯定我们以后还会经常光顾。价格也很赞,可能是一家纽约餐厅或者洛杉矶餐厅的价格的一半,但是食物的美味程度毫不逊色。

我会爱上这儿的。

外表都是骗人的

有一次，我收到一个来自马里兰的读者来信，她问我知不知道加利福尼亚州奥兰治县的金毛猎犬救援组织。她听说奥兰治县收容所的一只金毛猎犬身体很不健康，即将处以安乐死。

她给我发送了收容所网站的链接，配了一张狗狗的图片，它被收容所命名为朱尼尔。这是一张很小很模糊的图片，根本看不清它长什么样。但我可以清楚地看到，这只可怜的家伙过得很惨。

我不知道这位读者是不是知道我住在哪儿，也不知道她是不是很狡猾，还是说这只是个巧合，但这并不重要。我们家离收容所只有半个小时远，我和黛比去那儿看了一下，带走了狗狗。

不幸的是，即使是要看一眼也不是件容易的事情。朱尼尔所在的区域并不是所有人都能进去的——它在病房里。于是我们走去柜台，告诉办公桌后面的那位女士我们想要收养朱尼尔，我们给了她朱尼尔的收容所号码。

她在电脑里查询了一下,然后和她的助理开始交谈起来。接着她走到后面去,至少过了十分钟才再次出现。很显然,朱尼尔有问题。

当她回来的时候,她告诉我们朱尼尔病了,并建议我们不要收养它。黛比告诉她我们很感谢他们的建议,但是我们无论如何都要收养它。于是她又去了后边,这次时间短一点,回来的时候她说医务官会和我们交涉的。

自然,几分钟后,他从后面出来,再次告诉我们朱尼尔生病了,并不适合被收养。

"它死了吗?"我问。

"不。当然没有。"

"那么我们就要收养它。"

他接着开始苦口婆心地劝我们。我就问他朱尼尔到底哪里有问题。他告诉我它全身都是肿瘤,皮肤状况也很差,治不好了。

"是什么个情况呢?"黛比问道。

"我们还没有诊断出来。"

"那你怎么知道治不好了呢?"

事实是,他们根本就不会去诊断,自然也不会想要治好它。他们只会把朱尼尔当成流浪狗关上规定的五天时间,然后处以安乐死。而这五天已经到了。

黛比尽可能地对这个医务官说明情况。我们会收养朱尼尔，然后带它去我们的兽医那儿。如果经过兽医诊断，不论如何朱尼尔都无法很好地活下去，那么我们会将它处以安乐死，在整个过程中抱着它，抚摸它。如果兽医能够治好朱尼尔的病，那么我们就会不计代价地将它治好。

无论如何，我们都不会在没有带走朱尼尔的情况下离开收容所。

他们把它带了出来，我这辈子都没见过情况这么差劲的狗狗。它身上至少有四处明显的肿瘤，有一个悬挂在腿上，有柚子那么大。它基本上没有毛发，它的皮肤是红肿的。它一定过得无比凄惨。

当然，要说朱尼尔是一只金毛猎犬，那么我就敢说我是布拉德·皮特。它也许是一只牧羊犬混血，当它的毛发长回来的时候——如果它的毛发还能长回来的话——我们就更清楚地知道它的品种了。但它绝不是金毛猎犬。

我们带着朱尼尔去了北塔斯廷动物诊所找卡利医生。他是可能找到的最佳人选。他把朱尼尔带到后面，检查了至少半个小时，然后出来告诉我们结果。

大部分肿瘤都只是脂肪组织而已，除了它腿上的那个。卡利医生认为他可以很简单地将它切除，并且不认为这是恶性肿瘤。在愈合过程中也许会有些困难，因为切除的地方几乎没有皮肤了，但这是可以解决的。

至于朱尼尔的皮肤状况，它是得了兽疥癣。我们尽早给它治疗，它的兽疥癣就会尽早治好。它几乎马上就能解脱病痛了，卡利医生觉得它的毛发没有理由不会长回来。

朱尼尔是一只能够被治好的狗狗。它会好起来的。

它真的好了。它是只年老的狗狗，但在我们家生活的这两年里，我觉得它从来没有一天不舒服的。

问题在于，朱尼尔仅仅因为它的外貌就要被舍弃。让它沦落至此的那群浑蛋根本就没有这个意识，那些不愿花时间来找出问题所在的人是他们的帮凶。虽然收容所系统本身就不会准备给狗狗治病。

我有一次去唐尼收容所，看见一只被收容所取名吉诺的金毛混血犬。它很年轻，两岁不到，通常在这种情况下我们是不会收养它的。

但是我们带走了它，因为它脸上有几道难看的疤痕。疤痕很久以前就愈合了，我猜这是和另外一只狗狗打架弄伤的。但是这些疤痕让它看上去有些凶残吓人，这在收容所中，被人收养是极不可能的。

所以我们带走了它，正如平时那样，我们的第一站是兽医那儿。他给吉诺做了全身检查，包括脸上的伤痕，他说的话让我很震惊。

他给我看了吉诺下巴下面，那儿也有类似的伤口。惊奇的是，这不是兽医第一次看到这种情况。他清楚地知道这意味着什么。有人用铁丝绑住了吉诺的下颌，这样它就不能吠叫了。吉诺的挣扎反抗使得铁丝在他下巴的上部和下部造成了永久性的伤口。

讽刺的是，这些原本使得吉诺没有人收养的伤口，如今却给它招来了许许多多领养者。它到我们这儿，我们给人们解释究竟发生了什么之后，大家都想要带走吉诺，在它接下来的生命中给予它关爱。

最不可思议的就是吉诺的脾气。它所经历的一定是非常恐怖的过往，但它却一直很快乐很友善，让人觉得不可思议。它从来没有停止过微笑，它的尾巴也从来没有停止过摇动。

我们在一周之内就给它找到了一个很棒的领养家庭。多年后，还会收到它主人寄来的相片，说吉诺是世上最好的狗狗。

是的，外表有时候可以具有欺骗性，除非你看得够深入。

求你了,别再是旅行房车了

很显然,狗狗是不用倒时差的,它们也不用倒"房车差"。在我们到缅因的第一个清晨,它们在五点半过一点点的时候就用一阵吠叫声将我们吵醒,就像它们在加利福尼亚时候一样。

黛比也和在加利福尼亚时一样,假装没听到狗叫声,这样我就会起床喂狗。我们的狗狗恐怕连躺在棺材里的人都可以吵醒,但是黛比却可以岿然不动。

我开车前往达马里斯科塔廊湖农场,待在那儿的组员正在吃早饭。那儿的松饼太好吃了,我都愿意特地开着旅行房车去吃了,这足以说明那儿的松饼有多好吃。因为我再也不想待在旅行房车里了。

停车场里有三辆旅行房车。我开着我的轿车送一些人去机场,辛迪·弗洛勒斯负责把一辆房车开到弗吉尼亚,特里和乔·尼格罗负责开另一辆到那儿。还剩下一辆,本来应该是由我负责的。

我给我们的承包人克里斯·麦肯尼打了电话，问他认不认识什么人可以帮我把车开到弗吉尼亚州。我并不是走投无路了，但是我提供了酬金和我的一只右手臂作为悬赏，我的右手臂可是很重要的，因为在手臂的末端可是使用电视遥控器的那只手啊。

他找到了一个人。实际上，他的兄弟迪基愿意帮我这个忙。他答应了我，第二天，这辆房车就永远消失在了我的视线中。

两天后，我在离我们家不远处的一条小泥路上开车，遇到了一只美丽的白色狮子狗。它身上很脏，毛发上面沾着荆棘，就好像它刚刚从什么灌木丛里跋涉出来一样。它身上有个狗牌，但上面的电话号码很难辨认。是谁捡到了一只流浪狗？没错，正是我。

我诱拐它上了我的车，并没有花费多少力气，它就自己跳了进来。我觉得我应该先把它带回家，然后再一步步地寻找它的主人。我在开车的时候，与一位在路边行走的女士擦身而过。这儿可不是曼哈顿的市中心，这里的行人寥寥无几。

我觉得她有可能就是在找这只狗狗，所以我停车，摇下车窗，说："不好意思，你是不是在找这只狗狗？"

她走近车窗，往里看了一眼。"不好意思，我不是。是你找到它的吗？"

"是的。你知道它的主人是谁吗？"

"不知道，"她说，"但是我听说有一帮爱狗人士搬到了这条路的尽头。"

那说的是我们……我们已经以"爱狗人士"这个名号而闻名遐迩了。

我把狮子狗带回了家，我没有暂时把它留在车库里，而是决定把它带回家里。要是其他的狗狗把它吓坏了，我再把它放到车库里也为时不晚。

于是我就把它带进了屋里。它表现得好像上辈子就是住在这儿的一样。它是一只很棒的狗狗，我有点儿伤感，因为没打几个电话我就找到了它的主人。它要是在我家的话，肯定会成为一名优秀的成员。因为现在我们家只有25只狗，屋子里显得有些空旷。

它的主人因为找不到它十分着急，对于这一点我很满意，因为显然它受到了很好的照顾。他们家还养了另外一只狗，我觉得这只狮子狗一定有很多话想和另外那只狗狗分享，分享的内容是关于和这些疯狂爱狗人士短暂相处的时光。

不久之后，我和黛比在离我们家大概5英里的另一条路上开车，这条路上的车辆要多一点，限速每小时50英里。

我们看见前方好像有另外一只走失的狗狗。它是白色的，可能是只西班牙混血猎犬，站在道路中间。当然，我们停下来了，黛比下了车。不到十秒钟，这只狗狗就到了黛比的怀里，然后上了车。

我们不能把它带进家门，因为它大概只有30磅重。在我们家，这意味着其他狗狗可以在它脑袋上洒番茄酱，然后把它当午餐吞了。所以我们找到了离那儿最近的收容所，把车开到了那儿。我们没在它身上发现狗牌，但我们希望收容所可以扫描一下，看看它肚子里是不是装了芯片。

它肚子里面没有芯片，但是收容所的工作人员很有信心地说能找到它的主人。我强烈的直觉告诉我，不要把狗狗留在他们那儿，我这辈子从来没有把一只狗狗交给收容所过，这违背了我的原则。但是他们耐心地向我解释，这里不是加利福尼亚南部，这只狗狗也不会出什么事的。

他们保证要是找不到主人就会给我们打电话，找到了主人也会通知我们。黛比觉得我们应该把它留在那儿，我没什么意见。我知道黛比保护欲很强烈，要是她都觉得放心了，那我也就愿意这么做。

当我在给他们提供联系方式的时候，黛比走到了后面的狗屋去看看情况。她回来的时候带了一只十岁的黄色拉布拉多犬，名叫黛西，是一只走失的狗狗。它已经被人收养过一次了，但又被还了回来，理由是"叫声太刺耳"。

我们决定收养它，收容所让我们填一份申请表。申请表上有一项是要让我们列出我们养的所有宠物的名字、品种和年龄。我不想花一个月来填写这份申请表，于是就和收容所的主管解释了我们的状况。

她看似十分镇定，给我们在加利福尼亚和缅因州的两位兽医打了电话，确认我们俩的情况是否属实。很显然，两位兽医都说这是真的，因为几分钟之内，黛西就成了我们在缅因州第一只救助的狗狗。

我们把它带回了家，把它介绍给所有的狗狗，十分钟后，它就背躺在沙发上睡着了。

有些东西永远不会改变。

桃乐茜，我们终于走出了加州

如果你是只动物，那么缅因州就是你的天堂。只有一点不好，那就是人们会射杀你。

首先，我觉得对那些非家养的动物来说很重要的一点是，缅因州的土地十分广阔。不像在加利福尼亚，那儿一到夏天，动物要想找点水喝，只有一个办法，那就是去7-11便利店买矿泉水。而缅因州到处都是水，随便砸块石头就能砸中一个湖。

繁茂的森林中也到处都是食物。如果你爱吃草和灌木，那儿有吃不完的草和灌木。如果你爱吃其他动物？那你可来对了地方。

住在这儿的人都很爱动物。在加利福尼亚，当一个工人走进我们家，看到这么多狗狗冲过来，你可以看到他眼中的惊慌害怕。大部分人来我们家之前，我们必须要把狗狗关在屋子里，门要上锁。

在缅因州，我们家一直有工人在工作，但他们从不大惊小怪，缅因人完全是不同的思维模式。他们觉得这很好玩，踏进我们家门之前从来不会显出一丝犹豫。进门后，他们会摸摸狗狗，接着做自己的事情。他们完工后，如果我陪他们走到小货车那儿，常常会发现车前座上坐着一只狗狗，耐心地等在那里。

当然，我们见到的大部分人是猎人。这些猎人射杀动物十分频繁，缅因州不得不为每一种动物制定狩猎期。如果不这样做的话，大量动物将会被射杀，而后濒临灭绝。

在我们缅因的家中，时常能听到枪声。虽然按理来说，未经屋主的同意，在周围一带是不能进行狩猎的。但在这儿，除了我自己，每个人都有把枪。如果我也有把枪，我会吓死的，我会把枪放在房间里，然后把子弹放在康乃迪克州。

整个情形让我觉得违反常理，至少对我来说是这样的。如果你热爱动物，为什么还想射杀它们呢？现在，公平地说，许多猎人捕猎动物是为了吃肉，使自己和家人能够果腹。但即便如此，他们狩猎的时候也看上去乐在其中。他们自然不会把狩猎看成是任何形式的违法行为，对于他们来说，这是一项体育运动，虽然我是个体育迷，但我还是无法理解。

实际上，讲起动物，我自己可能也是个矛盾体。很明显，我喜欢狗狗，但要是我身边围绕着许多其他物种，我也会变得浑身不舒服。

就在我们到缅因州以后不久，我们的承包人带着他九岁的儿子帕特里克过来了。在我们的露台后面有一只巨大的乌龟，我压根不敢走近它。帕特里克拿着一根小棍子走了过去，把棍子放在乌龟的脸边。突然之间，乌龟的脑袋和脖子刷地弹了出来，咬住了棍子。

我吓得魂都没了，大家都嘲笑我。原来这只乌龟是只鳄龟。我根本就不知道世上有鳄龟的存在。我一直以为甲鱼汤里的甲鱼是一种鱼。

当然，与我对昆虫的惧怕相比，我对陌生动物的惧怕根本不值一提。但在缅因州有很多昆虫。听当地人说，那儿到处是黑蝇，体型庞大，可以带上一个小孩一起飞。那儿还有扁虱和蚊子。

所以我们采取了防范措施。我们在外面的树林里放了两台名叫"蚊子磁铁"的机器。我们每个月都会请一个除蚊、除虱专家，一个除蚁专家，还有一个灭鼠专家。我们每月都会在狗狗身上喷洒"蚤不到"，驱走扁虱和跳蚤。我们还会定期给它们打针，预防因蚊虫叮咬而引发的莱姆病。

除了雇一个海军陆战队来守卫我们的家，我们差不多把能做的都已经做了。希望这样会管用，要是这样还没用的话，那我们就只有一个选择了，那就是搬到生物圈里去。

无论如何，在这儿我都会经常宅在家的。

后记

今天是我们到达缅因州的一周年纪念日。我收到了我们 Woofabago 小组成员的好多邮件。

他们写的内容都是一样的。每个人都回忆了 2011 年 11 月那连续五天的大冒险，并讲述了当时的一些故事和心情。尤其让我注意和让我感到奇怪的是，他们还对我和黛比表达了谢意，感谢我们让他们加入这场他们此生不忘的冒险。

这让我换了一种视角来重温那段时光。我现在可以没有压力、也无须担心地审视那段时光，通过我们的感受和我们取得的成就来做判断。这让我得出了一个必然的结论。

这些人依然是傻瓜。

缅因州很棒。要不是因为缅因州最主要的迷人之处就在于人烟稀少、交通顺畅，我愿意建议所有人都搬到这儿来。这个地方很漂亮，缅因人也绝对好，十分欢迎我们的到来。

我知道现在我对缅因州赞不绝口，也许随着时间的流逝我会有所改变，但这就是我现在的感受。

狗狗都生活得很好。它们绝对喜欢冬天，喜欢到了在房子里待不住的程度。伯恩山犬伯尼会在雪天出门，但它就躺在那儿。一旦被雪覆盖起来以来，它就站起来，抖一抖，然后继续躺下去。

黛比喜欢看狗狗享受雪天的寒冷。我自然也和她感同身受，但同时我也觉得有点内疚，因为一直以来，我们都让它们身处加利福尼亚的炎热之中。

我会永远感谢那些加入我们旅途的人们。他们自告奋勇地来帮助我们，没有人求他们这样做。他们信守诺言，付出了时间和努力，每当我回首去看的时候，都对他们的伟大付出感到难以置信。他们把现实生活中的生命、工作和责任搁置一旁，来帮助我们。大部分情况下，他们帮助的人是他们不怎么熟悉，或者根本就不认识的人。

他们是面带笑容来帮助我们的，带着笑声、带着自信，互相之间没有明显的争执，更加难能可贵。他们是严肃的，是有目标的，他们来这儿，是为了完成一项工作。而且在整个过程中，他们看上去也都很享受。

下次当我开车带着25只狗狗跨越全国时，我也得记着尝试一下"享受"这个旅程。

最后，大家都谈到了狗狗。我要是提前跟大家说，我们要搬运家具、交通工具还有其他东西，大概没有人会挺身而出了吧。他们也真不该挺身而出。

他们并不是仅仅搬运了狗狗；他们与狗狗产生了感情，爱上了狗狗。他们在邮件中，都提到了各自心爱的几只狗狗，甚至还记他们为狗狗取的外号。狗狗们沉浸在他们的关爱之中，我敢肯定，他们的爱心减轻了狗狗在旅途中的压力，否则，它们一定会十分劳累。

要是说我在我们的疯狂狗狗救援行动中学到了什么的话，那就是我知道了狗狗可以缩短人与人之间的距离。它们会缓和人与人之间的关系，提供极其珍贵的帮助。不论政治派别、宗教信仰、地域差异，狗狗对人都一视同仁。它们代表着某种人人都可以爱的东西。

狗狗的这种价值完全不是言过其实。我在全国范围内做狗狗救援工作时遇到的人，以及那些从我们这儿收养狗狗的人，都无限充实了我的人生。我不知道他们选举时为谁投票，不知道他们信仰什么神，或者根本就不信仰神。

事实上，我真的也没有那么在乎了。在我们之间有着强有力的纽带，这纽带长着四只爪子，还经常流口水、尿尿。

如今我们不需要做大量的狗狗救援工作了，因为我们生活在缅因州。在这里，狗狗收养并不是个问题，在整个新英格兰地区都不是个问题。实际上，南部的流浪狗常常会被带到这里来，因为在这里狗狗能够被领养。我不知道有没有人做过研究，为什么美国的有些地方有动物救援问题，而其他地方却没有。我要来查一查。

对我们来说，最重要的一点是，从现在开始，我们不需要带回家那么多狗狗了，完全没有这个必要。也许有一天我们会像正常人一样生活，家里养狗的数量也很正常。

比如说，15只。

Dogtripping:25 Rescues,11 Volunteers,and 3RVs on Our Canine Cross-Country Adventure by David Rosenfelt
Text copyright © 2013 by David Rosenfelt
Simplified Chinese language edition copyright © 2016 By Chongqing Publishing House, arranged with St.Martin's Press,LLC.
Through Andrew Nurnberg Associates International Limited
All Rights Reserved.

版贸核渝字(2014)第59号
图书在版编目(CIP)数据

大侦探和汪星人横穿美国的冒险之旅 /（美）罗森费尔特著；朱晓妹译. -- 重庆：重庆出版社，2016.6

ISBN 978-7-229-08871-2

Ⅰ.①大… Ⅱ.①罗… ②朱… Ⅲ.①纪实文学—美国—现代
Ⅳ.①I712.55

中国版本图书馆CIP数据核字（2014）第260570号

大侦探和汪星人横穿美国的冒险之旅
DAZHENTAN HE WANGXINGREN HENGCHUAN MEIGUO DE MAOXIAN ZHILV

[美]大卫·罗森费尔特　著
朱晓妹　译

策　　划：	华章同人
出版监制：	陈建军
策划编辑：	王　方
责任编辑：	徐宪江
责任印制：	杨　宁
封面设计：	周伟伟

重庆出版集团
重庆出版社　出版
（重庆市南岸区南滨路162号1幢）

投稿邮箱：bjhztr@vip.163.com
北京中印联印务有限公司　印刷
重庆出版集团图书发行有限公司　发行
邮购电话：010-85869375/76/77转810
重庆出版社天猫旗舰店
cqcbs.tmall.com
全国新华书店经销

开本：880mm×1230mm　1/32　印张：10　字数：180千
2016年6月第1版　2016年6月第1次印刷
定价：36.00元

如有印装质量问题，请致电023-61520678

版权所有，侵权必究